EDEL & STARCK
Partner wider Willen

Anne Thomas

Partner wider Willen

Bibliografische Information Der Deutschen Bibliothek
Die Deutsche Bibliothek verzeichnet diese Publikation in der
Deutschen Nationalbibliografie; detaillierte bibliografische Daten
sind im Internet über **http://dnb.ddb.de** abrufbar.

Der Roman »Edel & Starck – Partner wider Willen« basiert auf der
Sat.1-Fernsehserie »Edel & Starck« und entstand nach den
Drehbüchern von Gerhard von Richthofen und Jörg Brückner

»Edel & Starck« ist eine Produktion der PHOENIX FILM GmbH
für Sat.1 Fernsehen

© 2002 Sat. 1
Lizenz durch: MM Merchandising München GmbH
www.merchandising.de

1. Auflage 2002
Egmont vgs verlagsgesellschaft mbH, Köln
Alle Rechte vorbehalten
Lektorat: Katharina Tilemann
Produktion: Wolfgang Arntz
Umschlaggestaltung: Sens, Köln
Satz: Kalle Giese, Overath
Druck: Clausen & Bosse, Leck
Printed in Germany
ISBN 3-8025-2986-3

Besuchen Sie unsere Homepage:
www.vgs.de

Inhalt

1 Sex, Lügen und ... ein Findelkind   7

2 Der mütterliche Instinkt   15

3 Sandra auf Abwegen   23

4 Ein missglücktes Plädoyer   37

5 Die Notlüge   53

6 Ein Risiko von eins zu tausend   63

7 Ein Fall von unbilliger Härte   73

8 Das Leben geht weiter   83

9 Begegnung mit einer Außerirdischen   95

10 Geheimnisse   105

11 Keine Frage des Alters   115

12 Weiberalarm   125

13 Lebensabschnitte   135

14 Neubeginn   143

1
Sex, Lügen und ... ein Findelkind

Mit einer Mischung aus Neugier und Abscheu betrachtete Sandra das Foto in ihren Händen. Widerwillig musste die junge Rechtsanwältin zugeben, dass die Frau darauf ziemlich sexy aussah. Gut proportionierte Rundungen und ein verführerischer Katzenblick. Ihre Augen wurden größer und größer, als sie weiter durch die Schwarzweißfotos blätterte, die immer dieselbe Frau in unterschiedlichen erotischen Posen zeigten.

Das ist ja mal wieder typisch, dachte sie und wusste einen Augenblick nicht, ob sie nun von Felix enttäuscht war oder einfach nur ihre Meinung über Männer im Allgemeinen und ihren Kollegen Felix Edel im Besonderen bestätigt sehen sollte. Nicht zuletzt fiel ihr in diesem Zusammenhang auch ihr ehemaliger Chef Dr. Schiller ein, der Sandra davon zu überzeugen versucht hatte, dass sie ihre Karriere durch gelegentliche Schäferstündchen mit ihm beschleunigen könnte.

»Noch einen Kaffee, bitte.« Durch das Stimmengemurmel in dem Café, das um diese Morgenstunde schon gut besucht war, drang Felix' Stimme von der Theke her an Sandras Ohr.

Hastig stopfte sie die Fotos in den braunen Umschlag zurück und legte ihn wieder zwischen die Kaffeetassen und die Zeitung auf dem kleinen Stehtisch, wo ihr Büropartner ihn deponiert hatte.

Felix Edel kam mit einer randvollen Kaffeetasse in der Hand zurück. Vorsichtig stellte er sie neben der Zeitung ab und widmete sich der Titelseite, auf der ebenfalls das Bild einer nackten Frau mit beachtlichem Brustumfang prangte.

»Danke«, sagte Sandra und zog die Tasse näher zu sich heran.

»Bitte«, antwortete Felix freundlich, ohne aufzublicken.

»Haben Sie das eigentlich nötig?« Sandra kochte innerlich, ließ sich davon aber nichts anmerken.

»Was?« Felix sah nur kurz von der Zeitung hoch.

»Na, das.« Mit spitzem Zeigefinger tippte Sandra auf die Abbildung der barbusigen Schönheit und zog ihre Hand hastig wieder zurück, als könnte sie sich allein durch das Berühren des Boulevardblättchens beschmutzen.

Felix nippte an seinem Kaffee. »Wer mitreden will, muss dieses Blatt gelesen haben, unabhängig von seinem Informationsgehalt.«

Sandra verdrehte die Augen. Wollte Felix sie nicht verstehen? Oder reichte sein IQ zu dieser frühen Stunde tatsächlich nicht aus, um dem Gedankengang seiner Geschäftspartnerin zu folgen.

»Ich meine *das*!« Sie deutete erneut und diesmal länger auf das Foto.

Felix zog fast unmerklich eine Augenbraue hoch. Ein leicht amüsiertes Lächeln umspielte seinen Mund. Er hob die Zeitung hoch und hielt Sandra das Titelblatt genau vor das Gesicht.

»Ach, Sie meinen das?«

Sandra fühlte sich von den üppigen Formen der nackten Frau fast erschlagen. »Bitte!«, zischte sie Felix zu und legte so viel Entrüstung in ihre Stimme, wie sie zu dieser Uhrzeit aufbringen konnte.

Felix ließ die Zeitung wieder sinken. »Was ist denn damit?«, fragte er betont unschuldig.

Sandra seufzte. Wie begriffsstutzig war dieser Mann eigentlich? »Warum haben Sie dieses Foto so eingehend betrachtet?«

Felix fühlte sich in die Enge getrieben. »Ich habe doch nur einen Blick darauf geworfen«, rechtfertigte er sich.

Sandra witterte ihre Chance. Sie lief zu Hochform auf.

»Haben Sie das nötig?«, fragte sie in herablassendem Tonfall noch einmal und griff nach ihrem Kaffee. Über den Rand der Tasse hinweg warf sie Felix einen vernichtenden Blick zu.

Wenn sie auch nur einen Moment in sich hineingelauscht hätte, dann wäre ihr vielleicht bewusst geworden, dass es in Wahrheit überhaupt nicht um das Bild in der Zeitung ging, sondern um die Fotos in dem braunen Umschlag und um ein unbestimmtes Gefühl von Verletztheit in Sandras Magengegend. Ein Gefühl von Enttäuschung.

Aber Felix hatte sich bereits wieder gefangen und war aus der Ecke der Verteidigung, in die er sich kurzfristig verkrochen hatte, zurück in die Mitte des Rings gekehrt. »Wozu soll ich das nötig haben?«, beantwortete er Sandras Frage mit einer Gegenfrage.

Sandra bemühte sich, das süffisante Grinsen im Gesicht ihres Gegenübers zu ignorieren und hielt sich an ihrer Kaffeetasse fest. »Zur ...« Sie suchte nach dem richtigen Wort. »Zur Anregung.«

»Sie meinen, als Wichsvorlage.«

Sandra hielt die Luft an. »Bitte!«, stieß sie zwischen zusammengepressten Lippen hervor. Warum musste er denn gleich so direkt werden? Dass Sandra selbst ebenfalls keinerlei Probleme damit hatte, die Dinge beim Namen zu nennen, wenn es darauf ankam, konnte sie sich in diesem Augenblick nicht eingestehen. Ihr Ex-Freund Martin allerdings hätte das ohne weiteres bezeugen können – spätestens, als er ihr nicht die erwartete Rückendeckung gegenüber ihrem alten Chef geben wollte, hatte er diese Eigenschaft von Sandra deutlich zu spüren bekommen.

»Sie meinen«, korrigierte sich Felix, »zur Anregung meiner Fantasie?«

Sandra nickte. »Genau.«

Felix schüttelte den Kopf. »Nein. Meine Fantasie ist weitreichend und nicht auf Vorlagen angewiesen.«

»Ach ja?«, konterte Sandra. »Ich glaube, Sie lügen.«

»Warum sollte ich lügen?« Felix legte die Zeitung auf den Tisch, als sei sie ihm plötzlich selbst unangenehm.

»Weil Sie nicht zugeben können, dass dieses Foto Ihre Fantasie anregt.« Sandra grinste siegesgewiss. Und für einen Augenblick sah es tatsächlich so aus, als hätte sie diesen verbalen Kampf gewonnen.

»Geschenkt«, gab Felix zu. Aber dann mobilisierte er noch einmal seinen Widerstand. »Was ist denn an dem Foto so schlimm?«

Sandra trank einen weiteren Schluck Kaffee und ließ sich mit ihrer Antwort Zeit. »Es ist pornografisch«, sagte sie schließlich.

»Weil es meine Fantasie anregen könnte?«, hakte Felix nach.

»Genau.« Sandra sah sich im Geist bereits die Ziellinie durchbrechen. »Darum geht es im Allgemeinen bei Pornografie.«

»Hmm«, machte Felix und starrte auf Sandras Dekolleté.

Sandra blickte leicht verunsichert an sich herunter und zupfte am Kragen ihrer Bluse. »Was ist?«, fragte sie schließlich.

»Ihr Ausschnitt«, meinte Felix knapp.

»Was ist damit?«

Felix sah Sandra ins Gesicht. Seine Mimik verriet Triumph. »Er ist pornografisch«, sagte er und grinste.

Sandra schnappte nach Luft und dann nach ihrer Handtasche und ihrem Mantel. So kurz vor der Ziellinie war sie ins Straucheln geraten und gestürzt.

»Das ist doch lächerlich«, zischte sie, knöpfte aber, während sie wütend das Café verließ, den obersten Knopf ihrer Bluse zu.

»Ist es nicht«, widersprach Felix und folgte Sandra.

Im Laufschritt überquerten die beiden Rechtsanwälte die Straße und steuerten zielstrebig auf einen großen Berliner

Altbau zu. »Edel & Starck« prangte auf dem Schild an der Hauswand.

»Ist es doch!« Sandra öffnete die Tür und stapfte immer noch aufgebracht die Treppe hinauf. Sie war so außer sich, dass sie nicht nach links und rechts sah. Mit Wucht stieß sie die Tür zum Vorzimmer der Kanzlei auf. »Diese beiden Dinge kann man nun wirklich nicht miteinander vergleichen«, warf sie Felix über die Schulter hinweg zu, ohne Biene, die bereits im Büro war, auch nur eines Blickes zu würdigen. Die Rechtsanwaltsgehilfin saß auf ihrem Stuhl und beobachtete das morgendliche Erscheinen ihrer beiden Chefs, als säße sie in der Ehrenloge bei einem Ringkampf. »Ach nein?« Felix feuerte sein Jackett auf den Garderobenhaken. »Und wozu zeigen Sie Ihren Brustansatz dann öffentlich? Doch nicht, um mich an meine Mutter zu erinnern!«

»Jedenfalls nicht, um Ihr bedürftiges Sexualleben auf Vordermann zu bringen«, konterte Sandra und marschierte direkt auf ihr Büro zu.

»Von bedürftig kann hier gar keine Rede sein!« Die letzten drei Worte musste Felix schreien, da seine Partnerin bereits die Tür hinter sich zugezogen hatte. Dann drehte er sich entschlossen um, ging in sein eigenes Büro und knallte wütend die Tür zu.

Biene sah einmal nach links und einmal nach rechts, zuckte mit den Schultern, wünschte dem leeren Raum vor sich einen »guten Morgen« – und stand auf, um die Eingangstür zu schließen, die die beiden Kontrahenten im Eifer des Gefechts hatten offen stehen lassen. Sie hatte sich schnell an solche Szenen gewöhnen müssen, nachdem Sandra sich als Partnerin in die Kanzlei »Edel & Starck«, vormals »Edel« eingekauft hatte.

Die junge Frau mit dem frechen Kurzhaarschnitt griff nach der Klinke und zog die Tür zu sich heran. Doch dann stutzte sie und trat auf den Hausflur hinaus.

Stand da nicht ...? War das nicht ...? Biene beugte sich über den Kinderwagen und ein mütterliches Lächeln huschte über ihr Gesicht. Wenn man sie nicht kannte, wäre man kaum auf den Gedanken gekommen, dass die Anwaltsgehilfin mit dem jugendlichen Outfit bereits selbst eine 13-jährige Tochter hatte. Doch Laura, an der Biene ihre Fähigkeiten als allein erziehende Mutter erprobte, war genau in diesem Alter und strapazierte mitunter auch Felix' und Sandras Nervenkostüm, da die beiden regelmäßig in den Genuss kamen, die per Telefon erteilten mütterlichen Ratschläge und Verbote mit anhören zu müssen.

Das Kind, bei dessen Anblick Biene an diesem Morgen dahinschmolz, hatte allerdings noch einige Jahre Zeit, bis es seiner Mutter auf diese Weise den letzten Nerv rauben durfte.

Apropos Mutter! Biene sah sich suchend um. Doch der Hausflur war leer. Verdächtig leer sogar. Sie beugte sich wieder über den Kinderwagen.

»Na, du kleiner Hosenscheißer? Wer hat dich denn hier vergessen?«

Der Windelträger dachte jedoch nicht daran, diese Frage zu beantworten. Er schlief tief und fest und zeigte sich von seiner besten Seite.

Biene runzelte die Stirn, als ihr Blick auf den zusammengefalteten Zettel fiel, der unübersehbar auf der kleinen Latzhose in Größe 74 lag. Sie griff danach und faltete das Blatt auseinander.

Ich heiße Benjamin. Mein Vater ist Harry Schultes stand darauf in akkurater Handschrift.

Kurz und bündig, dachte Biene und schob den Kinderwagen in die Kanzlei.

»Felix? Kommst du mal?« Die Anwaltsgehilfin öffnete die Bürotür ihres Chefs.

»Was ist denn?« Rechtsanwalt Edel blickte von seinen

Papieren hoch und hatte augenscheinlich noch nicht zu seiner guten Laune zurückgefunden.

»Ich will dir was zeigen«, sagte Biene knapp und ließ die Tür offen stehen.

»Und was ist mit Sandra? Kann die nicht ...«

»Die auch«, unterbrach Biene ihren Chef und steuerte auf die gegenüberliegende Tür zu, die zu Rechtsanwältin Starck führte.

Sandra und Felix kamen gleichzeitig aus ihren Büros geschossen – Sandra hatte den obersten Knopf ihrer Bluse inzwischen wieder geöffnet – und blieben wie festgenagelt stehen, als ihr Blick auf den Kinderwagen im Vorzimmer fiel.

Biene sah von Sandra zu Felix und dann wieder zu Sandra. »Ein Findelkind«, erklärte sie, als wäre das noch vonnöten.

»Ein Findelkind?« Es klang wie ein Echo, als Sandra und Felix gleichzeitig reagierten.

Biene blieb gelassen. »Ein Findelkind«, wiederholte sie einfach.

Felix beugte sich über den Kinderwagen. Sein Blick fiel auf den Zettel, den Biene wieder an seinen alten Platz zurückgelegt hatte.

»Unsinn«, sagte er, nachdem er ihn gelesen hatte. »Da steht's doch: ›Ich heiße Benjamin. Mein Vater ist Harry Schultes.‹« Er sah zu Sandra auf, die sich inzwischen ebenfalls über den Kinderwagen gebeugt hatte und den Zuwachs in der Kanzlei interessiert musterte. »War das nicht der mit dem Copyshop?«

Sandra nickte und verzog das Gesicht in der für sie typischen Weise, bei der sich ihre Lippen kräuselten und sich an ihrer rechten Wange ein Grübchen bildete.

»Genau«, bestätigte sie. »Der mit dem Copyshop und den zweihunderttausend Euro ohne Wasserzeichen und Goldband. Leider auf dem richtigen Papier. Sonst hätte ich auf groben Unfug oder untauglichen Versuch plädieren können.«

»Und wo ist er jetzt?«, setzte Felix seine Befragung fort. Er sprach möglichst leise, um das schlafende Kind nicht zu wecken.

»Das letzte Mal hat er mich vor etwa einem Jahr angerufen.« Sandra wandte ihren Blick eine Sekunde von dem Baby ab und sah Felix an. »Aus Costa Rica«, setzte sie hinterher.

Felix ließ die Schultern hängen. »Also doch ein Findelkind«, resümierte er schicksalsergeben.

Aber Sandra wollte nicht so schnell aufgeben. »Quatsch«, sagte sie recht energisch. »Die Mutter muss doch noch irgendwo sein!« Und in einem verzweifelten Versuch, sich gegen das Augenscheinliche zur Wehr zu setzen, stürzte sie auf den Hausflur hinaus.

»Hallo! Hallo?«

Ihre Stimme drang laut und deutlich bis ins Vorzimmer der Kanzlei.

»Psst!«, machte Felix mit gerunzelter Stirn. Es war schon schlimm genug, dass Sandra mit ihrem Sturkopf den offensichtlichen Tatsachen wieder einmal nicht ins Auge blicken wollte. Aber musste sie deshalb auch noch das Kind aufwecken? »Das gibt's doch gar nicht!« Sandras Stimme war nicht ein Dezibel leiser, dafür aber umso fassungsloser.

Biene konnte das nicht mehr länger mit ansehen. »Sandra, da ist niemand!«, sagte sie bestimmt.

Sandra kehrte von ihrem Ausflug in den Hausflur zurück. »Ach, dann wird sie sicher gleich kommen!«, versprühte sie ihren unzerstörbaren Optimismus und lächelte den Jungen im Kinderwagen liebevoll an.

Felix riss sich vom Anblick des Grübchens auf Sandras Wange los und tauschte einen verzweifelten Blick mit Biene aus. Das war mal wieder typisch Sandra!

2
Der mütterliche Instinkt

Felix hätte nicht sagen können, wie lange er bereits in gebückter Haltung vor dem Kinderwagen hockte und das kleine Wesen darin beobachtete. Aber seinem schmerzenden Rücken nach zu urteilen schon eine ganze Weile.

»Wie lange schläft so ein Kind eigentlich?«, erkundigte er sich bei den beiden Frauen. Die mussten es ja schließlich wissen.

»Bis es Hunger hat«, antwortete Biene.

»Und dann?« Sandra hatte sich auf einen Stuhl gesetzt und betrachtete das Geschehen aus der Distanz.

Biene schien eine Weile zu überlegen. »Die Brust«, erklärte sie schließlich.

Felix sah grinsend zu Sandra hinüber. »Also Ihr Fall, Frau Kollegin.«

Sandra schnappte nach Luft. »Wieso? Nur weil ich eine Frau bin?« Das war mal wieder Felix Edel in Reinkultur. So ein Spruch konnte ja nur in diesem Macho-Hirn entstehen. Sie schüttelte den Kopf. »Es gibt auch Männer ...«

Aber Felix unterbrach sie. »Nein, nicht weil Sie eine Frau sind, sondern weil Harry Schultes Ihr Mandant ist.« Er grinste, als hätte er gerade erfahren, dass er den Hauptgewinn gezogen hat.

Sandra schwieg. Sie hätte es niemals zugegeben, aber das war ein glatter Eins zu Null-Sieg für Herrn Edel.

Biene hatte allmählich genug von dem tatenlosen Herumsitzen und Debattieren ihrer beiden Chefs. Es wurde Zeit, etwas zu unternehmen. Sie suchte die Akte Schultes heraus und studierte die Dokumente darin. »Hmm ... Hier steht nichts von einem Kind«, begann sie. »Auch nichts von einer Frau. Harry Schultes ist ledig und kinderlos.«

Felix richtete sich auf und stützte die Hände in seinen Rücken. »Kein Wunder, wenn er schon ein Jahr weg ist. Ich vermute, er weiß nichts von seinem Vaterglück.« Auch wenn er nicht gerade Fachmann in Sachen Kinderkriegen war, so wusste er doch, dass eine Schwangerschaft in der Regel neun Monate dauerte und dass dieses Kind, das vor ihm lag, vielleicht acht, höchstens zehn Monate alt war. Und das wiederum bedeutete, die Mutter dieses Burschen war im fünften oder maximal siebten Monat der Schwangerschaft gewesen, als Harry Schultes der deutschen Justiz durch einen klitzekleinen Auslandsaufenthalt zu entkommen suchte.

Biene ließ die Mappe in ihren Händen sinken. »Wie soll ich die Mutter dann ausfindig machen? Ich hab nicht mal einen Namen!«

Sandra und Felix sahen sich an. Dann blickten sie zu Biene. Aber keiner von ihnen sagte etwas.

Biene hat Recht, dachte Sandra. Aber dann kam ihr ein rettender Einfall. »Wie lange hält es eine Mutter eigentlich ohne ihr Kind aus?«, fragte sie und vor ihrem inneren Auge sah sie bereits eine Frau durch die Straßen hetzen auf der Suche nach ihrem Baby.

Biene brauchte nicht lange für ihre Antwort: »Also eine Bekannte von mir hat eine Freundin, die war mal so genervt, dass sie für vier Monate verschwunden ist.«

Das war nicht die Antwort, die Sandra erwartet hatte.

»Und das Kind?«, wollte Felix wissen.

Biene grinste. »Das hat sie dem Vater vor die Tür gestellt.«

»Immerhin war der nicht in Costa Rica«, sinnierte Felix.

Biene grinste immer noch. »Nee, das nicht. Aber *sie* war auf den Bahamas.«

Sandra hielt es nicht länger auf ihrem Stuhl aus. »Das ist ja wohl die absolute Ausnahme«, konstatierte sie. Ihr Bild von einer Mutter sah anders aus: Mütter waren selbstlos, opferten sich für ihre Kinder auf, waren geduldig und in ihrer Liebe zum Nachwuchs unerbittlich. Eine Frau und Mutter tat einfach alles für ihr Kind! Bienes Grinsen wurde noch breiter. »Nein, ist es nicht. Ich kenne da noch eine andere Geschichte, da hat eine Mutter ...«

Sandra konnte ihre Entrüstung nicht mehr verbergen. »Aber das sind doch keine Mütter!«, unterbrach sie Biene empört. Noch so eine Geschichte von einer Frau, die ihr Kind im Stich ließ, konnte sie im Moment nicht ertragen.

Bienes Grinsen gefror. »Nee?«, fragte sie ironisch und sah Sandra forschend ins Gesicht. »Was sind denn Mütter?«

Sandra schwieg. Ja, was waren denn Mütter? Sie dachte an ihre eigene Mutter, die ihr Leben tatsächlich nur auf das Wohl ihres einzigen Kindes ausgerichtet hatte. War es ihrer Mutter eigentlich immer leicht gefallen, auf alles zu verzichten? Sandra hatte die Selbstlosigkeit ihrer Mutter stets als selbstverständlich hingenommen. Aber war sie das wirklich?

»Als ich noch klein war ...«

Sandra sah zu Felix hinüber. Ein bestimmter Ton in seiner Stimme ließ sie aufhorchen. Felix klang so... traurig. War das das richtige Wort?

»Als ich noch klein war«, fuhr Felix fort, »da hat meine Mutter mich mal allein nach Garmisch geschickt. Zu irgendeinem Onkel, den ich nicht mal kannte. Drei Wochen. Ich weiß bis heute nicht warum. Dafür hasse ich sie immer noch.«

Sandra musterte Felix. Einen winzigen Augenblick zögerte sie. Doch dann siegte der Teufel in ihr: »Ihre Mutter wird schon einen Grund gehabt haben«, sagte sie und lächelte Felix liebenswürdig an, während sie versuchte, sich ihren Partner als schreiendes und nervendes Kleinkind vorzustellen. Eine Vorstellung, die ihr ausgezeichnet gelang.

Felix' Augen verengten sich und sein Gesichtsausdruck, der gerade noch weich und verträumt gewesen war, wurde wieder hart.

Das war der Augenblick, in dem Benny beschloss, sein Vormittagsschläfchen zu beenden. Er krähte einmal kurz und öffnete die himmelblauen Augen.

Wie auf Kommando beugten sich Sandra und Felix gleichzeitig über den Kinderwagen. Auf ihren Gesichtern spiegelte sich eine Mischung aus Neugierde und Furcht wider.

Bennys Geschrei wurde lauter.

Einen Moment lang wusste Sandra nicht, was sie nun tun sollte. Ach ja, Biene hatte gesagt, Babys haben Hunger, wenn sie aufwachen. Etwas unbeholfen und ängstlich nahm sie Benjamin aus dem Wagen.

Felix stand mindestens ebenso unbeholfen neben Sandra. »Tja«, machte er, »ich guck mal nach ... Milch?«

Sandra ließ wieder ihr Grübchen aufblitzen. »Tun Sie das«, forderte sie ihn auf und hielt Benjamin wie eine wertvolle Porzellanfigur auf den Armen.

Benjamin war mit dieser Behandlung nicht im Geringsten einverstanden und zeigte das auch.

»Dutzidutzidutzi ...« Sandra lächelte den Kleinen nervös an. Benjamin drehte den Lautstärkeregler auf. »Psssst«, machte Sandra und versuchte ihn durch Schaukelbewegungen zu beruhigen. »Nicht schreien.« Sie wandte den Kopf über die Schulter in Richtung Kaffeküche und schrie nervös: »Wo bleibt denn die Milch?«

Felix hockte vorm Kühlschrank. Bierdosen, vergammelte Wurst, vertrocknete Tomaten. Sonst nichts. »Ah!«, machte er dann. »Ich hab Kaffeesahne!«, rief er Sandra stolz zu. Und erntete dafür nur einen missbilligenden Blick.

Biene erbarmte sich und griff zielstrebig nach der Kinderwagentasche. Als hätte sie es selbst hineingelegt, zog sie ein volles Babyfäschen daraus hervor und reichte es Sandra.

»Hier«, sagte sie trocken.

Sandra riss ängstlich die Augen auf. Anstatt die Flasche in Empfang zu nehmen, streckte sie Benny weit von sich, Biene entgegen.

»Hier«, entgegnete sie.

Aber Biene winkte ab. »O nein, ich nicht.« Sie drehte sich um und kehrte zu ihrem Schreibtisch zurück, als sei nichts gewesen.

Und in diesem Augenblick geschah etwas, das wahrhaft selten vorkam: Felix erschien in der Tür zur Kaffeeküche und unterstützte Sandra! »Biene, bitte!«, versuchte er die Sekretärin zu überzeugen. Doch Biene ließ sich nicht erweichen.

»Nein. Ich habe mein Soll als Mutter erfüllt. Jetzt seid ihr dran.«

»Biene, was soll das?« Auf Sandras Stirn bildeten sich Falten. Falten der Anstrengung und der Verzweiflung, während Benjamin, der das Fläschchen in Sandras Hand entdeckt hatte, noch lauter zu brüllen begann.

»Das wird eure Charakterbildung voranbringen«, sagte Biene mit einem süffisanten Grinsen. »Die Welt besteht nicht nur aus kinderlosen Singles.«

Der Spruch hätte von meiner Mutter stammen können, dachte Sandra und begann zu ahnen, dass ihre Sekretärin es ernst meinte.

Felix baute sich vor Bienes Schreibtisch auf. »Auch kinderlose Männer sind vollwertige Menschen.«

»Ach ja?«, sagte Sandra und drückte ihrem Partner das schreiende Kind auf den Arm. »Das will ich sehen.«

Einen Augenblick wollte Felix protestieren. Doch dann blickte er Sandra herausfordernd an. »Das *werden* Sie sehen«, antwortete er und verschwand mit Benjamin auf dem Arm in seinem Zimmer.

Dort setzte er sich auf seinen Schreibtischstuhl, platzierte das Kind in einer bequemen Position auf seinem Schoß und hielt ihm fürsorglich die Flasche an den Mund. Vertrauensvoll schmiegte sich Benjamin an ihn und begann genüsslich zu trinken.

Felix sah triumphierend zu Sandra hinüber, die ihn aber keines Blickes würdigte, sondern stattdessen in einem dicken Gesetzestext blätternd im Zimmer auf und ab ging.

Felix widmete sich wieder dem Kind. »Ja«, sagte er leise zu Benjamin. »So machst du das prima. Wenn du weiter so trinkst, wirst du groß und ...« Er sah zu Sandra auf. »... edel.«

Sandra tat so, als hätte sie nichts gehört. »Ordnungswidrig handelt«, dozierte sie, »wer ohne Erlaubnis ein Kind betreut oder ihm Unterkunft gewährt. Die Geldbuße kann bis zu fünfhundert Euro betragen.«

»Wie heißt du?«, unterhielt sich Felix mit Benjamin, nun seinerseits darauf bedacht, Sandra nicht weiter zu beachten. »Benjamin? Das ist ein schöner Name. Ich bin Felix.«

»Wer leichtfertig ein Kind in seiner körperlichen, geistigen oder sittlichen Entwicklung schwer schädigt, kann mit Freiheitsstrafen bis zu einem ...« Sie warf Felix einen Blick zu und schüttelte anschließend den Kopf. »Nein, das kommt wohl nicht in Frage.« Sandra blätterte weiter. »Hier! Ich hab's! Mit Freiheitsstrafe bis zu fünf Jahren oder mit Geldstrafe wird bestraft, wer ein Kind, ohne dessen Angehöriger zu sein, den Eltern ... und so weiter ... entzieht oder vorenthält.« Sie sah Felix zufrieden an, doch der würdigte sie nicht eines Blickes.

»Darf ich Benny zu dir sagen?«, wandte er sich stattdessen an seinen Schützling, der inzwischen dazu übergegangen war, mit dem Milchfläschchen zu spielen und dessen Inhalt auf Felix' Schreibtisch zu verteilen.

»Felix! Hören Sie mir überhaupt zu?«

Felix' Antwort auf diese Frage fiel anders aus, als Sandra sich vorgestellt hatte, war aber zumindest sehr informativ, denn sie verriet, dass ihr Partner nicht im Geringsten zugehört hatte. »Na, wie mache ich das?«, fragte der Rechtsanwalt mit vor Stolz geschwellter Brust.

Sandra verzog das Gesicht. »Wie eine altgediente Amme. Fehlt nur noch die Brust.«

Felix warf ihr einen vernichtenden Blick zu. »Sie sind eine schlechte Verliererin«, sagte er.

Sandra klappte das dicke rote Buch zu. »Ich werde dieses Kind jetzt zum Jugendamt bringen«, verkündete sie.

»Jugendamt?« Felix konnte sein Entsetzen nicht verbergen. »Benny ist elternlos!«

»Eben deswegen«, antwortete seine Kollegin. »Genau dafür sind Jugendämter da.« Sie hatte nicht die geringste Absicht, sich des Kindesentzugs strafbar zu machen und unter Umständen auch noch ihre Anwaltslizenz deswegen zu verlieren.

»Das ist nicht Ihr Ernst«, protestierte Felix empört und sah Benny mitfühlend an. Dieser arme kleine Wurm in einem Heim? Eine grauenvolle Vorstellung.

Sandra setzte ihr Plädoyergesicht auf. »Das hier ist eine Kanzlei und keine Kinderauffangeinrichtung für Rabeneltern. Übrigens ebenso wenig ein Übungsspielplatz für Möchtegern-Väter«, setzte sie mit einem selbstgefälligen Lächeln hinterher.

Felix schüttelte fassungslos den Kopf. »Ihr mütterlicher Instinkt ist deutlich unterentwickelt«, stellte er fest und widerstand nur schwer der Versuchung, Benny einfach festzuhalten, als Sandra ihm den Jungen in diesem Augenblick aus dem Arm nahm.

»Erstens bin ich keine Mutter, sondern Rechtsanwältin«, antwortete Sandra, »und zweitens können Sie sich gerne um das Kind kümmern, wenn Sie Ihren mütterlichen Instinkt weiterentwickeln wollen.« Sie ging bereits auf die Tür zu, drehte sich dann aber noch einmal zu Felix um. »Für den Busen empfehle ich allerdings Hormone.«

Felix verzog das Gesicht zu einem gequälten Grinsen. »Die stecken ihn in ein Waisenhaus. Da bleibt er für den Rest seines jungen Lebens.«

Sandra seufzte. »Haben Sie eine bessere Idee?«

Felix schwieg und starrte Sandra lediglich mit versteinertem Gesicht an. Nein, er hatte keine bessere Idee.

3
Sandra auf Abwegen

Sandra überlegte während des gesamten Weges zum Jugendamt, ob ihre Entscheidung, Benny abzugeben, richtig war. Aber hatte sie eine andere Wahl? Was wäre die Alternative? Benny in der Anwaltskanzlei zu versorgen? Und dann? Abends? Nachts? Weder Felix noch sie hatten Ahnung von Kindern. Nein. Benny zum Jugendamt zu bringen, war rational betrachtet die einzig richtige Entscheidung. Auch wenn ihr Herz etwas anderes sagte.

Sie stellte den Kinderwagen in einer Ecke des Foyers ab und nahm Benny, der neugierig umherblickte, auf den Arm. Ein Schild am Treppenaufgang verriet, dass sie in den zweiten Stock hinaufmusste. Sandra staunte, wie schwer so ein Kind sein konnte. Was mochte der Kleine wiegen? Neun Kilo? Oder zehn? Auf jeden Fall war es ganz schön anstrengend, mit ihm die Treppe hochzusteigen.

Sandra wanderte den langen kahlen Flur entlang und suchte nach der richtigen Zimmernummer, als sich wenige Meter vor ihr eine Tür öffnete und ein alter Bekannter, Herr Krämer, auf den Flur hinaustrat und ihr entgegenkam.

Nicht auch noch der, dachte Sandra, während ihr all die unangenehmen Begegnungen vor Gericht mit diesem verknöcherten Beamten wieder einfielen.

Jetzt kam Herr Krämer auch noch mit seinem vermeintlich freundlichen Lächeln auf sie zu. Bildetete sie sich das nur ein oder starrte dieser Ärmelschonerträger Benny bereits gierig an? Unwillkürlich drückte sie das Kind fester an sich.

»Kann ich Ihnen behilflich sein, Frau Rechtsanwältin?«

Herr Krämer zeigte eine Reihe gelber Zähne und verströmte den unangenehmen Geruch nach eingestaubten Aktenordnern.

»Danke nein, Herr Krämer«, erwiderte Sandra höflich. »Ausnahmsweise sind Sie nicht zuständig.« Auf dem Schild im Eingang hatte eindeutig eine gewisse Frau Held als Ansprechpartnerin gestanden.

Krämers Lächeln wurde verkniffener. »Das glaube ich doch«, entgegnete er. »Seit Monatsbeginn leite ich diese Abteilung. Damit fällt alles, was auf diesem Flur geschieht, unter meine Verantwortung.« Sandra zuckte zusammen. Das war mal wieder typisch Behörde. Vermutlich dauerte es noch Wochen, bis jemand die Schilder unten erneuerte. »Wer ist der Kleine«, fuhr Krämer fort und tätschelte mit seinen knöchernen Fingern Bennys Wange. »Wollen Sie ihn abgeben?«

Ohne darüber nachzudenken, machte Sandra einen Schritt nach hinten. Was fiel diesem Kerl eigentlich ein, Benny einfach anzufassen? Sie konnte es ohnehin nicht leiden, wenn Erwachsene Kinder einfach berührten, nur weil die sich nicht zur Wehr setzten. Und dann auch noch der! »Lassen Sie das!«, fauchte sie den Mann vor sich an.

»Oh«, meinte Herr Krämer überrascht. »Ist das Ihr Kind?«

Irgendetwas in Sandras Kopf machte *klick*, als hätte jemand einen Schalter umgelegt. »Ja, das ist mein Kind«, antwortete sie, »und es unterliegt ausschließlich meiner Zuständigkeit.« Ohne ein weiteres Wort zu verlieren, drehte sie sich auf dem Absatz um und hastete den Flur entlang. Benny hielt sie fest an sich gedrückt.

Herr Krämer sah der flüchtenden Frau Starck hinterher. Er runzelte fragend die Stirn und strich sich mit einer Hand nachdenklich über das Kinn.

»Da bin ich wieder«, sagte Sandra betont gut gelaunt, als sie mit Benny auf dem Arm in Felix' Büro platzte.

Felix räusperte sich und verstaute die schwarzweißen Aktfotos, die er gerade ausgiebig begutachtet hatte (natürlich nur im Interesse seiner Mandantin Frau Rademacher, dem abgebildeten Model), möglichst unauffällig wieder in dem braunen Umschlag.

»Herein«, bellte er ironisch. Konnte Sandra nicht wie jeder andere anklopfen, bevor sie in sein Zimmer stürmte? Schließlich war er gerade mit wichtigen Dingen beschäftigt, die nicht jeden etwas angingen! Sandras Blick fiel auf den braunen Umschlag, der ihr äußerst bekannt vorkam. »Störe ich etwa?«, fragte sie mit scheinheiliger Liebenswürdigkeit.

Felix schaffte es, ein einigermaßen glaubhaftes »Nein, keineswegs« hervorzubringen.

»Es sah so aus, als seien Sie gerade ...« Sandra machte eine künstliche Pause. »... beschäftigt.«

»Ach, nicht der Rede wert«, wiegelte Felix ab und setzte erklärend hinterher: »Vielleicht ein neuer Mandant.« Wieso insistierte Sandra eigentlich so? Das kannte er nur von ihr, wenn sie ihn mit irgendetwas aufziehen wollte, aber schließlich konnte sie nicht wissen, womit er sich gerade beschäftigt hatte. Oder doch? Sein Blick fiel auf Benny. »Wie ich sehe, haben sich Ihre mütterlichen Gefühle doch noch gemeldet«, lenkte er vom Thema ab.

Sandra wich seinem Blick aus. »Das Jugendamt hatte schon geschlossen.«

Felix runzelte die Stirn über seinen buschigen schwarzen Augenbrauen. Die einzigen Haare an seinem Kopf, die noch ihre ursprüngliche Farbe hatten. Obwohl gerade erst vierzig, war er sonst bereits vollständig ergraut. Auch wenn er der Meinung war, das Grau seiner Haare sei ein besonders *edles* Silbergrau. »Aber ...«, begann er zaghaft und überlegte fieberhaft, wieso das Jugendamt an einem Werktag vormittags geschlossen hatte.

»Betriebsausflug«, lieferte Sandra ihm die gesuchte Erklärung.

»Betriebsausflug?« Felix wollte gerade fragen, seit wann eine Behörde ein Betrieb sei und einen Ausflugstag organisiere, als Sandra sich verbesserte.

»Äh ... ich meine natürlich Betriebs*versammlung*.«

Felix zog die Augenbrauen hoch. »Natürlich. Betriebs*versammlung*«, sagte er und beschloss, das Thema lieber auf sich beruhen zu lassen. »Und jetzt? Bennys Mutter ist noch nicht aufgetaucht.«

»Dann kümmere ich mich halt um das Kind«, antwortete Sandra und drückte Benny liebevoll an sich. Sie hatte sich inzwischen auf der Besuchercouch in dem Büro niedergelassen.

Felix kam aus dem Staunen nicht mehr heraus. Hatten die vom Jugendamt ihm einen Sandra-Klon geschickt und die wahre Sandra einbehalten? Vielleicht sogar in die Psychatrie gesteckt? »Schön«, sagte er, da er nicht wusste, was er sonst sagen sollte.

Sandra lächelte ihn mit einem Bezaubernden-Jeannie-Lächeln an. »Ja«, antwortete sie.

Felix spürte ein leichtes Unbehagen in der Magengegend. »Und wie stellen Sie sich das vor? Ich meine, wo Sie doch Rechtsanwältin sind und nicht Mutter.« Er sah sich bereits in den nächsten Wochen allein in der Kanzlei sitzen, während Sandra ihr neues Mutterdasein auskostete.

Sandras Bezauberndes-Jeannie-Lächeln schien festgewachsen. »Ich bin eine Frau«, verkündete sie, als würde sie Felix damit eine interessante Neuigkeit verraten. »Und jede Frau ist potenziell auch eine Mutter. Ich habe den Umgang mit Kindern sozusagen in den Genen.« Das Jeannie-Lächeln verschwand. Es war also doch nicht festgewachsen. »Im Gegensatz zu Männern«, fuhr sie stattdessen mit einem hämischen J.R.-Grinsen fort. »Die haben an der Stelle bekanntlich ein ganz anderes Gen.« Ihr Blick schweifte über Felix' Schreibtisch und blieb an dem braunen Umschlag hängen.

Felix folgte Sandras Blick. »Ah ja?«, machte er. »Ich nehme an, Sie sprechen von dem Versorger- und Beschützer-Gen.«

Sandra schwieg viel sagend. Sie hatte eigentlich eher an das Jäger- und Sammler-Gen gedacht.

Felix schob den braunen Umschlag unter einen anderen. »Nun, wie dem auch sei ...«, wandte er sich dann wieder an Sandra. »Sollte Ihr Gen Sie im Stich lassen – Anruf genügt. Ich weiß nämlich, wie man ein Baby wickelt.«

Sandra erhob sich mit Benny auf dem Arm vom Sofa. »Ich auch«, sagte sie, schickte J.R. nach Hause und verwandelte sich zurück in die Jeannie-Kopie von eben, bevor sie erhobenen Hauptes aus dem Zimmer stolzierte.

Felix blieb allein in seinem Büro zurück und hatte Zeit, sich selbst zu bemitleiden. Denn es dauerte keine zehn Minuten, bis seine schlimmste Vision Wirklichkeit wurde. Er lauschte, als Sandra sich von Biene verabschiedete und mit Benny die gemeinsame Kanzlei verließ. Nun sitz ich hier, ich armer Tor ..., dachte er und versuchte seine Wut über Sandra, die sich mit dem Jungen einen schönen Tag machte und ihn mit all der Arbeit allein ließ, zu zügeln, bevor er sich erneut dem aktuellen Fall widmete, den er zu betreuen hatte, und den braunen Umschlag wieder hervorzog.

Schweißgebadet stand Sandra vor ihrer Wohnungstür und setzte die drei Plastiktüten mit Babyartikeln ab, um in ihrer Handtasche nach dem Schlüssel zu suchen. Benny auf ihrem Arm beobachtete sie neugierig. Wann lernen Babys eigentlich laufen?, überlegte Sandra und schickte eine Portion Mitgefühl an alle jungen Mütter dieser Welt. Und wann sind kleine Jungs so groß, dass sie ihren Müttern die Einkaufstüten nach Hause tragen?

Irgendwie schaffte sie es, die Einkäufe und das Kind in die Wohnung zu bugsieren und Benny auf einer Decke im Wohnzimmer abzulegen. Sofort machte sich der Kleine auf Entdeckungstour und robbte zielsicher Richtung Stereoanlage.

Sandra wischte sich den Schweiß von der Stirn. Ihr neues Kostüm mit dem Figur betonenden Rock und dem tailliert geschnittenen Blazer war ja sehr schön, aber für eine frisch gebackene Mutter äußerst unpraktisch. Von den hochhackigen Pumps mal ganz zu schweigen. Der frisch aufgetragene Nagellack sah ganz schön alt aus und Sandra hätte im Augenblick ein Vermögen für einen praktischen Kurzhaarschnitt hingelegt, obwohl sie mit ihrer langen Haarpracht bislang eigentlich immer recht zufrieden gewesen war.

Sie packte die Einkaufstüten aus: Windeln, eine Rassel, einige Bodys, ein Babyschlafsack, Söckchen, Feuchttücher, Pflegeöl, Pulvermilch, ein Reisebett, eine Wickelunterlage, eine Babyschale fürs Auto, ein Kinderhochstuhl, Fläschchen, Schnuller ... Die Verkäuferin, die ihr die Sachen – »nur das Nötigste«, hatte sie versichert – zusammengesucht hatte, war wirklich sehr hilfsbereit gewesen und Sandra hatte gerne und ohne mit der Wimper zu zucken ihre Kreditkarte über die Theke gereicht, um die paar Euro – 367,40 – für Bennys Glück zu bezahlen.

Dabei war sich die Rechtsanwältin durchaus bewusst, dass sie noch zu den besser Verdienenden gehörte. Wie konnte bloß ein Familienvater mit drei Kindern und einem normalen Angestelltengehalt das alles finanzieren? Und die vielen Alleinerziehenden erst? Sandra riss die Windelpackung auf und fing Benny gerade noch rechtzeitig ein, bevor der die Stereoanlage erreicht hatte. Auf derart rüde Weise von seinem Vorhaben abgehalten, begann er lautstark zu protestieren.

Sandra versuchte, das Geschrei zu überhören und legte ihn auf die Wickelunterlage, die sie auf dem Küchentisch ausgebreitet hatte. Dann wendete sie eine Windel in ihren Händen hin und her, während sich Benny mit seiner neuen Rassel tröstete.

»Weißt du, wo hier vorne und hinten ist?«, fragte sie den Jungen, erhielt aber keine Antwort. Stattdessen drehte sich Benny vom Rücken auf den Bauch und tat alles, um gleich vom Küchentisch zu fallen.

»Nicht doch«, sagte Sandra angestrengt. »Bleib mal liegen.« Sie drehte ihn zurück auf den Rücken, öffnete seine Latzhose und schaffte es, ihn von der alten Windel zu befreien. Doch bevor sie auch nur Zeit hatte, nach der frischen zu greifen, lag Benny bereits wieder auf dem Bauch und griff nach der Obstschale.

»Benny, bitte«, versuchte es Sandra mit höflicher Bestimmtheit in der Stimme. »Das ist kein Spiel.« Und während sie Benny mit einer Hand festhielt, versuchte sie mit der anderen, die neue Windel zurechtzulegen. Auf einmal ließ sie ein stechender Schmerz im Rücken zusammenfahren. Diese gebückte Haltung war nichts, was sie auf Dauer durchhalten würde.

»Ihhh«, machte sie dann plötzlich, und in Anbetracht der Urinlache, die sich auf ihrer Bluse ausbreitete, wurde der Schmerz im Rücken nebensächlich. Wieso hatten heute eigentlich alle männlichen Wesen dieser Welt Probleme mit ihrem Ausschnitt? »An der Volkshochschule gibt es einen Einführungskurs für Babysitter«, ertönte in diesem Moment eine Stimme hinter ihr.

Im Türrahmen stand Patrizia, ihre Freundin und Mitbewohnerin, die von Sandra bereits telefonisch über den neuen Mitbewohner informiert worden war, und grinste sie schadenfroh an. Der Aufmachung nach zu urteilen war die junge Staatsanwältin offenbar im Begriff auszugehen. Sandra hatte Patrizia viel zu verdanken, weil sie ihr sofort ihre alte Wohngemeinschaft wieder angeboten hatte, nachdem

Sandra ihrem Ex-Freund Martin den Laufpass gegeben hatte. Sie erinnerte sich nur ungern an diesen Tag, als Dr. Schiller, ihr ehemaliger Chef, sie sexuell belästigt hatte. Martin hatte ihr den Rat erteilt, die Sache auf sich beruhen zu lassen, statt ihr den Rücken zu stärken und dem gemeinsamen Chef, wie es Sandras Meinung nach angemessen war, die Leviten zu lesen.

»Lass die Witze und hilf mir lieber«, forderte Sandra Patrizia auf. Doch Patrizia warf nur einen kurzen Blick auf ihre Armbanduhr und hob bedauernd die Schultern.

»Tut mir Leid«, sagte sie. »Vor einer Stunde gern, aber jetzt muss ich los.«

Sandra seufzte. Ihre Freundin hatte ständig Rendezvous mit irgendwelchen Männern. Warum eigentlich hatte nur sie es so schwer, einen interessanten Mann zu treffen? Patrizia winkte ihr zum Abschied aufmunternd zu. »Du schaffst das. Ich glaub an dich. Wir sehen uns morgen.«

Sandra lächelte gequält und nahm das Problem mit der Windel wieder in Angriff, während die Wohnungstür hinter ihrer Freundin ins Schloss fiel.

Kaum hatte sie dieses eine Problem bewältigt, stand sie vor dem nächsten. Benny quengelte vor Hunger. Sandra versuchte, sich davon nicht aus der Ruhe bringen zu lassen, setzte ihn in den neu erworbenen Kinderhochstuhl und studierte die Zubereitungshinweise auf der Pulvermilchpackung. »Moment, mein Kleiner«, beschwichtigte sie ihn nebenbei. Konnte das Wasser nicht etwas schneller kochen? Bennys Schreien wurde nachdrücklicher. Sandra rührte das Pulver ein, doch die Milch war noch zu heiß. »Kleiner Mann, die kannst du noch nicht haben«, sagte Sandra zu Benny gewandt und versuchte, die Flasche unter dem Wasserhahn zu kühlen. Benny testete derweil die Endstufe. Sandra nahm einen Probierschluck und hielt sich unwillkürlich die Hand vor den Mund.

»Himmel, Arsch und Zwirn!«, schrie sie auf und spürte fast die erste Brandblase auf der Zunge anschwellen.

Benny schwieg überrascht.

Der braune Umschlag, der Felix Edel zur Zeit so in Atem hielt, war währenddessen geschäftlich unterwegs. Auch wenn das Ambiente des gut besuchten Nobelrestaurants das Wort »geschäftlich« eigentlich zur Ironie werden ließ.

»Schauen Sie, Frau Rademacher«, begann Felix und sah der attraktiven Mittdreißigerin, die ihm gegenüber am Tisch saß und ihn auffordernd anlächelte, tief in die Augen. Er musste zugeben, dass seine neue Mandantin nicht nur auf den Fotos hinreißend war. »Schauen Sie, ich habe diese Fotos gründlich studiert und ...« Er griff zu dem Umschlag, der auf dem Tisch lag, doch Beate Rademacher hielt seine Hand sanft mit ihrer fest.

»Nicht hier, bitte«, hauchte sie verlegen.

Felix spürte seine Wangen heiß werden. »Äh ... nein ... natürlich«, stotterte er und versuchte sich wieder zu fangen. Er zog seine Hand zurück und fuhr fort: »Also, was ich sagen will ... Diese Bilder sind nicht pornografisch, zumindest nicht im juristischen Sinn. Auf der Schiene kommen wir nicht weiter.«

Frau Rademacher schlug für einen Augenblick verlegen die Augen nieder und sah Felix dann inständig an. »Ich weiß. Damit kenne ich mich aus. Das gilt als Kunst.«

»Darf ich fragen, warum Sie die Veröffentlichung in der ›Illu‹ verhindern wollen?«

Frau Rademacher lächelte Felix an und der Rechtsanwalt war froh, dass er saß, da seine Knie bei diesem Blick weich wurden.

»Das ist sehr persönlich«, hauchte Beate Rademacher. »Ein Rechtsanwalt wie Sie interessiert sich doch nicht für Gefühle.«

»O doch«, widersprach Felix. »Ich lege größten Wert auf die Gefühle meiner Mandanten. Nur so kann ich sie gut betreuen!«

Frau Rademacher schien einen Augenblick zu überlegen. »Versetzen Sie sich in meine Lage«, erklärte sie. »Ich moderiere die Sendung ›Berlin intim‹ seit drei Jahren. Drei Jahre nichts als Klatsch und Tratsch, fünfmal die Woche, zweihundertfünfzigmal im Jahr. Das hält die stärkste Frau nicht aus. Zumindest nicht auf Dauer. Irgendwann ist das vorbei. Und dann?«

Felix fiel es schwer, sich auf die Worte zu konzentrieren. Beate Rademachers Lippen zogen ihn in ihren Bann. Sie waren weich, glänzend und einladend. »Und dann?«, fragte er, darauf hoffend, dass sich diese Lippen nun weiter so geschmeidig bewegen würden. Und Frau Rademacher tat ihm den Gefallen.

»Dann will ich Kinder haben. Viele kleine Kinder und ein nettes Häuschen im Grünen.«

»Viele kleine Kinder?«, fragte Felix nach und konnte sich kaum dagegen wehren, dass vor seinem inneren Auge wieder die Aktfotos seiner Mandantin erschienen.

Frau Rademacher nickte. »Raus aus diesem versauten Geschäft. Rein ins private Glück.« Sie biss sich auf die Unterlippe. »Können Sie das verstehen?«, schloss sie fast flüsternd.

Felix war hin- und hergerissen zwischen Rührung über die sensible Seite dieser interessanten Frau und dem Gedanken an die Entstehung der vielen kleinen Kinder. Ja, ein Häuschen im Grünen und eine harmonische Partnerschaft. Dafür lohnte es sich zu leben.

»Ihre Kinder«, formulierte er bereits sein Plädoyer, »würden einen schwerwiegenden Schaden erleiden, wenn sie diese Bilder ...« Er sah angewidert auf den braunen Umschlag »... in einem Schmierblatt wie der ›Illu‹ erblicken müssten.«

Frau Rademacher nickte zufrieden. Herr Edel hatte sie offenbar verstanden.

Bevor Felix fortfahren konnte, trat der Kellner an den Tisch und servierte das Dessert. Als die beiden den ersten Löffel gekostet hatten, griff Felix das Gespräch wieder auf. »Zurück zur Sachlage: Wie sind die Fotos entstanden?«, wollte er wissen.

Frau Rademacher schlug, scheinbar beschämt, die Augen nieder. »Ich hatte eine Affäre mit dem Fotografen«, gestand sie. »Jetzt will er sich an mir rächen. Verletzte männliche Eitelkeit.«

Felix versuchte sein Gefühlschaos zu ignorieren. »Die Fotos wurden also im Rahmen eines privaten Verhältnisses gefertigt und dienten ausschließlich zur Anregung ...« Bei diesem Wort fiel ihm Sandra ein und er geriet ins Stocken. Aber Frau Rademacher half ihm weiter.

»Zur Anregung unseres Trieblebens«, sagte sie lächelnd. »Ja.«

Felix wurde abwechselnd heiß und kalt, aber er war Profi genug, um sachlich zu bleiben. »Dann brauchen Sie sich keine Sorgen zu machen«, versicherte er. »Das wird glatt über die Bühne gehen. Und was mein Honorar angeht ... das hängt von der Höhe des Streitwertes ab ...«

Beate Rademacher beugte sich nach vorn und ergriff Felix' Hand. »Lassen Sie uns jetzt nicht über Geld reden«, sagte sie und Felix gab bei dem Blick, dem sie ihm zuwarf, seine Bemühungen sachlich zu bleiben auf.

»La Le Lu ...« Sandra gähnte. »Nur der Mann im Mond schaut zu ...« Sie trug Benny auf ihren Armen durch das Zimmer und versuchte ihn in den Schlaf zu wiegen. Doch jedesmal, wenn sie ihn in sein Bettchen legen wollte, riss der Junge die Augen auf und begann zu weinen. So auch jetzt. »... wenn die kleinen Babys schlafen ...« Sandra startete die nächste Runde durchs Wohnzimmer.»... drum schlaf auch du ...«Wann schliefen Babys eigentlich mal und ließen ihren Müttern den schwer verdienten Feierabend?»La Le Lu ...«Es war inzwischen spät am Abend und Sandra fühlte sich leer und ausgebrannt. Sie sehnte sich nach nichts mehr als nach ihrem Bett und einer Mütze voll Schlaf. Und was machte Felix Edel jetzt?»... vor dem Bettchen steh'n zwei Schuh und die sind genauso müde ...« Vermutlich saß er mal wieder in seiner Stammkneipe und ließ es sich mit seinem besten Freund Christoph, dem Arzt, so richtig gut gehen.»... drum schlaf auch du ...«Bennys Augen fielen zu und Sandra unternahm den nächsten Versuch, ihn ins Bett zu legen. Doch kaum schwebte Benny über der Matratze, schlug er die Augen wieder auf, weinte herzerweichend und klammerte sich an Sandras Arm.»La Le Lu ...« Sandra konnte nicht mehr. Sie sah auf die Uhr. Kurz nach dreiundzwanzig Uhr. »... nur der Mann im Mond schaut zu ...« Hatte Felix nicht gesagt»Anruf genügt«? Vielleicht war das die richtige Zeit für einen Schichtwechsel in Sachen Charakterbildung und Kinderbetreuung! Sandra griff nach dem Telefon und wählte die Nummer von Felix' Handy. Es klingelte.

Überrascht stellte Felix fest, dass alle Gäste außer ihnen das Lokal bereits verlassen hatten. Frau Rademacher und er waren mittlerweile bei der zweiten Flasche Wein und dem Du angelangt. Insgesamt betrachtet war dies einer der reizendsten Abende, die er seit langem verbracht hatte, und ganz gewiss der hinreißendste Geschäftstermin mit einem Mandanten in seiner gesamten beruflichen Laufbahn.

»Als Anwalt der Gegenseite würde ich argumentieren, dass deine Kinder stolz sein können, eine so wohlgeformte Mutter zu haben.« Felix merkte, dass es ihm allmählich schwer fiel, die Worte deutlich auszusprechen. Der Wein tat offenbar seine Wirkung.

Beate kicherte verlegen. »Wie gut, dass du *mein* Anwalt bist.«

Felix fühlte sich geschmeichelt. Er wollte gerade den Komplimenteaustausch fortsetzen, als er vom rüden Klingeln seines Handys gestört würde. »O nein, nicht jetzt!«, stöhnte er.

»Vielleicht ist es ein dringender Fall, ein prominenter Mandant.«

Felix zog das Telefon aus seiner Jacketttasche und sah auf das Display. Deutlich leuchtend stand da der Name *Sandra*. Felix drückte auf das rote Hörersymbol und das Klingeln hörte augenblicklich auf. Morgen würde er sich wahrscheinlich eine gepfefferte Moralpredigt anhören müssen. Aber morgen war morgen und heute war eben heute.

»Man muss Prioritäten setzen im Leben«, sagte er zu Beate und lächelte sie an.

Beate lächelte verführerisch zurück.

4
Ein missglücktes Plädoyer

Um die zu erwartende Moralpredigt abzuschwächen, machte sich Felix am nächsten Morgen als Erstes auf den Weg zu Frau Flüsser in der Geschäftsstelle des Gerichts. Vielleicht konnte er dort etwas über Bennys Mutter in Erfahrung bringen.

In Anbetracht der vergangenen Nacht – es war schließlich doch ziemlich spät geworden – war Felix noch nicht ganz auf der Höhe. Andererseits war der Abend mehr als anregend gewesen.

»Einen wunderschönen guten Morgen, Frau Flüsser«, grüßte Felix mit einem gewinnenden Lächeln, als er das Sekretariat betrat.

»Welchem Zweck dient Ihr Charme, Herr Edel?« Frau Flüsser, eine Frau Mitte Fünfzig mit nicht zu übersehender Leibesfülle, ließ sich von Felix' seiner Meinung nach unwiderstehlicher Ausstrahlung nicht beeindrucken.

»Gnädige Frau, er gilt selbstverständlich nur Ihnen«, fuhr Felix äußerlich unbeirrt fort.

»Was wollen Sie?«

Felix gab auf. »Schultes, Harry. Ist da irgendwas anhängig?«

Frau Flüsser durchforstete das Prozessregister in ihrem Computer. »Berechtigtes Interesse?«, erkundigte sie sich nebenbei, ohne den Blick vom Bildschirm abzuwenden.

»Er ist unser Mandant«, erklärte Felix.

»Wenn Sie ›unser‹ sagen, meinen Sie wahrscheinlich, er ist Frau Starcks Mandant. Sonst verwenden Sie doch lieber ein anderes Personalpronomen, oder?«

Felix räusperte sich. »Macht das einen Unterschied?«

»Hier«, sagte Frau Flüsser und deutete auf den Monitor. »Antrag auf Feststellung der Vaterschaft. Eingereicht von einer gewissen Karin Armbrüster. Antrag unzustellbar. Das alte Lied.« Sie sah zu Felix auf. »Sie wissen nicht zufällig, wo sich Ihr Mandant aufhält?«

»Frau Flüsser!« Felix tat empört. »Was für eine Frage!«

»Wissen Sie, warum ich euch Anwälte so liebe?« Frau Flüsser wartete nicht auf eine Reaktion ihres Gesprächpartners, sondern beantwortete sich die gestellte Frage gleich selbst. »Ihr deckt selbst das letzte Schwein noch.«

Felix grinste. »Ich werde es Frau Starck ausrichten«, konterte er und verließ mit wehenden Fahnen das Sekretariat.

»Oh, Biene«, klagte Sandra ihr Leid, während sie in der Kanzlei auf Felix wartete. Das war ja mal wieder typisch für ihren Geschäftspartner. Er hatte es offenbar nicht nötig, pünktlich zur Arbeit zu erscheinen. »Noch so eine Nacht halte ich nicht durch«, jammerte sie mit Blick auf Benny, der friedlich in seinem Kinderwagen lag und schlief. Der hatte es gut! Hielt sie die ganze Nacht auf Trab und erholte sich tagsüber. Vermutlich sammelte das Kerlchen Kräfte für die kommende Runde! Aber dann konnte er sich woanders austoben!

Biene lächelte Sandra nicht sehr mitfühlend an. »Da gewöhnt man sich dran«, meinte sie.

Sandra zog die Augenbrauen hoch. »Ich nicht«, sagte sie.

Die Tür ging auf und ein strahlender, gut gelaunter Felix Edel betrat das Foyer der Kanzlei. »Guten Morgen!«, grüßte er ausgeschlafen. »Wie war die Nacht?«, wandte er sich an Sandra.

Nicht im Traum würde Sandra diesem Mistkerl den Gefallen tun, jetzt loszujammern, um sich dann seine Ratschläge anzuhören! »Danke«, antwortete sie. »Ruhig und angenehm.« Felix starrte auf die dunklen Ringe unter Sandras braunen Augen – und schwieg. »Und selbst?«, fuhr Sandra fort. »Ich nehme an, Sie waren noch bis in die späten Nachtstunden tätig?«

Felix witterte eine Chance, glimpflich davonzukommen. »Immer im Dienste unserer Kanzlei«, behauptete er. »Ich habe einen neuen Mandanten geworben. Reich, schön, einträglich und prominent, um es kurz zu sagen.«

»Also weiblich«, stellte Sandra fest und verzog das Gesicht.

Biene sah von einem zum anderen und wartete auf den nächsten Schlagabtausch.

»Spricht irgendetwas dagegen?«, antwortete Felix und setzte hämisch hinterher: »Einer muss ja den Umsatz sichern, wenn Sie jetzt in Mutterschaftsurlaub gehen.«

Urlaub? Sandra glaubte, nicht richtig gehört zu haben. Na warte, dachte sie, dir werde ich zeigen, was Urlaub ist.

»Davon kann keine Rede sein. Steht Ihr Angebot von gestern noch?«

»Selbstverständlich«, bestätigte Felix und merkte erst dann, dass er gar nicht wusste, wovon Sandra sprach. »Äh ... Welches Angebot meinen Sie?«

Statt einer Antwort ergriff Sandra den Kinderwagen mit dem schlafenden Benny und schob ihn in Felix' Büro.

»Oh«, machte Felix. »*Das* Angebot.«

»Heute sind Sie an der Reihe«, sagte Sandra, als sie in den Empfangsraum zurückkehrte. Und mit ihrem typischen ironischen Sandra-Lächeln, das Felix jedesmal so in Rage brachte, fuhr sie fort: »Allein stehende Väter sollen ja sehr begehrt sein.«

Biene, die das Duell mit größtem Interesse beobachtete, konnte sich ein Grinsen nicht verkneifen.

Felix dagegen verkniff sich den ersten Kommentar, der ihm auf der Zunge lag, und wählte den zweiten. »Ach, ehe ich es vergesse«, begann er beiläufig und zog einen Zettel aus seiner Hosentasche. »Hier ist die Adresse von Bennys Mutter, einer gewissen Karin Armbrüster.«

Sandra schnappte nach Luft und dann nach dem Zettel. »Und das sagen Sie erst jetzt?« Ohne ein weiteres Wort zu verlieren, griff sie nach ihrer Handtasche und verließ die Kanzlei im Eilschritt. Je schneller sie diese Angelegenheit in Ordnung gebracht hatte, desto besser für alle Beteiligten.

Felix sah Sandra einen Augenblick hinterher. Dann schwankte sein Blick zwischen dem Kinderwagen, der in seinem Büro stand, und seiner Angestellten hin und her. »Biene«, sagte er schließlich, »ich habe heute eine Menge zu tun und ...«

»Ich auch«, schnitt ihm Biene das Wort ab, lächelte ihn freundlich an und verschwand in der Kaffeeküche.

Felix Edel blieb mit offenem Mund allein zurück und fügte sich in sein Schicksal.

Mit dem Zettel in der Hand stieg Sandra aus dem Wagen. Hier musste es sein. Sie ging auf die offen stehende Haustür des schäbig aussehenden Mietshauses zu, um die Klingelschilder zu studieren, als sie beinahe von zwei Männern umgerannt wurde, die gerade ein Sofa aus dem Haus trugen.

»Entschuldigen Sie«, wandte sich Sandra an den älteren der beiden, der durch seinen grauen Kittel leicht als Hausmeister zu identifizieren war. »Wo finde ich Frau Armbrüster?«

Der Mann musterte Sandra einmal von oben bis unten und ließ sie dann ohne eine Antwort einfach stehen.

Sandra schüttelte den Kopf und wandte sich wieder den Klingelschildern zu. Schließlich fand sie *K. Armbrüster* auf der untersten der etwa zwölf Klingeln. Doch nichts tat sich, nachdem Sandra den Knopf gedrückt hatte.

Als die Männer auf dem Rückweg in den Hausflur wieder an ihr vorbeigingen, unternahm sie einen zweiten Anlauf.

»Wissen Sie, ob Frau Armbrüster zu Hause ist?«, wandte sie sich nun an den jüngeren der beiden Männer, der nicht nur wegen seines Nasenringes aussah wie ein vom Arbeitsamt vermittelter Hilfsarbeiter.

Der Mann wich ihrem Blick aus und folgte dem Hausmeister schweigend ins Treppenhaus.

Sandra beschloss, es ihm gleichzutun und ging den beiden Männern nach, die in einer der beiden Erdgeschosswohnungen verschwanden. Auf dem Türschild stand wieder *K. Armbrüster.*

»Was tun Sie hier?«, fragte sie in scharfem Ton und stellte sich dem Hausmeister in den Weg, der soeben einen kleinen, alt aussehenden Couchtisch abtransportieren wollte.

»Dat seh'n Se doch«, antwortete der Mann. Er konnte also doch sprechen. »Wir räumen die Bude leer.« Er drängelte sich an Sandra vorbei ins Treppenhaus.

Sandra betrat den Flur der kleinen, aber sauberen und gemütlich eingerichteten Zweizimmerwohnung. Auf dem Küchentisch lag ein Stapel Papiere.

»Stromrechnung ... Telefonrechnung ... letzte Mahnung ... Volksbank ... Ladendiebstahl? ... Entlassung? ... Fristlose Kündigung des Mietvertrages?« Karin Armbrüster schien einen Haufen Probleme zu haben.

Plötzlich ertönte hinter Sandra eine barsche Stimme. Sie zuckte zusamme. »Sie ham hier nix zu suchen«, sagte der Hausmeister und baute sich drohend vor ihr auf.

Sandra stemmte die Hände in die Hüften. »Wo ist Frau Armbrüster?« Ihre Stimme schien keinen Widerspruch zu dulden.

»Abgehauen«, sagte der Hausmeister. »Mit sechs Monaten Mietrückstand.«

»Und jetzt räumen Sie die Wohnung leer?«, fragte Sandra. »Haben Sie denn überhaupt einen vollstreckbaren Titel für die Räumung?«

»Soll dat ein Scherz sein?«

Sandra spürte Wut in sich aufsteigen. »Finden Sie es richtig, eine allein stehende Mutter und ihr hilfloses Baby einfach auf die Straße zu setzen?«

Der Hausmeister bekam es allmählich mit der Angst zu tun. Man konnte ihm richtig ansehen, wie es in seinem Kopf arbeitete. »Wer sind Sie überhaupt?«, wollte er von Sandra wissen.

»Sandra Starck«, antwortete Sandra. »Und Sie?«

»Das geht Sie nichts an«, antwortete der Hausmeister und von dem herrischen Ton, den er bislang angeschlagen hatte, war nicht mehr viel übrig.

Sandra wandte sich an den jüngeren der beiden Männer. »Und Sie? Wer sind Sie?«

»Ich habe nichts damit zu tun«, antwortete der Hilfsarbeiter, als befände er sich bereits bei einem Polizeiverhör.

Sandra stand breitbeinig wie ein Sheriff in der Küchentür. »Ich nehme Sie beide vorläufig fest. Sie dürfen den Raum nicht verlassen.«

»Hä?«, machte der Hausmeister und zeigte damit deutlich seinen Intelligenzquotienten.

»Scheiße, das ist ein Bulle«, fluchte der junge Mann.

»Die?« Der Hausmeister zeigte mit dem Finger auf Sandra. »Niemals. Und überhaupt: Wie wollen Sie das denn machen? Uns festnehmen!« Er lachte.

»Paragraph 127, Absatz eins, Strafprozessordnung. ›Wird jemand auf frischer Tat getroffen, so ist jedermann befugt, ihn vorläufig festzunehmen.‹«

»Das wird mir hier zu bunt«, sagte der Hilfsarbeiter und versuchte sich an der Anwältin vorbeizudrängen. »Platz da!«, herrschte er Sandra an, die ihm den Weg versperrte.

»Wollen Sie mich bedrohen?«, fragte Sandra. »Das wäre Nötigung!«

Der Mann ergriff Sandras Arm und versuchte sie zur

Seite zu schieben. Doch Sandra packte beherzt zu und drehte an dem Ring in der Nase ihres Kontrahenten.

»Au! Bist du bekloppt?« Der Kerl schrie vor Schmerz und ließ augenblicklich von ihr ab.

»Nein«, antwortete Sandra ruhig. »Das ist Vereitelung eines Fluchtversuchs.« Sie ließ den Nasenring los und der Typ stolperte zurück. Schnell zog Sandra die Küchentür zu und drehte den Schlüssel um, ohne sich um das Protestgeschrei der beiden Männer zu kümmern. Stattdessen zückte sie ihr Handy, um die Polizei zu alarmieren.

Während sie auf die Beamten wartete, schritt Sandra gemächlich durch die Wohnung. An Bennys Kinderbett blieb sie stehen. Einsam und verlassen lag dort ein Teddy.

»Na, fehlt dir dein Benny?«, sagte sie zu dem Stofftier und ohne lange zu überlegen, steckte sie den kleinen Bären in ihre Handtasche.

»Was machen Sie da?«

Erschrocken drehte Sandra sich um. Die Stimme kam ihr auf unangenehme Weise bekannt vor. Graugesichtig wie immer stand Herr Krämer vom Jugendamt im Türrahmen.

»Ich wollte Frau Armbrüster einen Besuch abstatten«, antwortete sie scheinheilig. »Sie wissen nicht zufällig, wo sie sich aufhält?«

»Der Datenschutz verbietet, derlei Auskünfte zu erteilen«, verkündete Herr Krämer mit der gewohnten Steifheit. »Übrigens suche ich das Kind von Frau Armbrüster. Können Sie dazu etwas sagen?«

Am liebsten hätte Sandra geantwortet, dass der Datenschutz derlei Auskünfte verbiete, aber sie tat es nicht. Sie schwieg lieber.

»Wo ist eigentlich Ihr Kind?«, fuhr Herr Krämer fort und Sandra gefiel es gar nicht, dass er in dieser Situation solche Verknüpfungen zog.

»Wir sind hier nicht auf Ihrem Flur«, parierte sie.

»Sie wissen«, hob Herr Krämer zu einer Belehrung an, »dass ich bei Kindesvernachlässigung von Amts wegen verpflichtet bin einzuschreiten. Und bei berufstätigen Müttern gehe ich stets davon aus, dass ...«

Sandra hatte genug. »Ihre Haltung in dieser Frage ist mir hinlänglich bekannt«, würgte sie ihn ab. Wenn sie noch mehr davon hören musste, würde ihr das Frühstück wieder hochkommen. Was bildete sich dieser Schreibtischstuhlwarmhalter eigentlich ein? Sollten alle allein erziehenden Mütter dieser Welt ihre Kinder von Luft und Liebe ernähren? Und mussten sich alle verheirateten Mütter bis in alle Ewigkeit ausschließlich um Schmutzwäsche kümmern? Und wer sprach hier eigentlich von den Vätern? Sie war kurz davor, Herrn Krämer ihre Meinung über seine weltfremden Ansichten ins Gesicht zu brüllen, als wildes Getrommel und Geschrei aus der Küche die Aufmerksamkeit des Beamten erregte.

»Was geht hier vor?«, fragte Herr Krämer hellhörig.

»Da schreit jemand nach Hilfe«, stellte Sandra nüchtern fest und nutzte die Gelegenheit zu entkommen, während Herr Krämer sich auf den Weg zur Küche machte, um dort nach dem Rechten zu sehen.

An der Haustür prallte Sandra fast mit den zwei Polizeibeamten zusammen, die ihr auf Anhieb sympathisch erschienen – und nicht nur, weil sie so schnell gekommen waren.

»Danke, dass Sie so schnell hier sind.« Die Erleichterung in ihrer Stimme war überdeutlich.

»Frau Starck?«, fragte der hübschere der beiden.

Sandra nickte und reichte ihm routiniert ihre Visitenkarte. »Ja. Es geht um eine illegale Wohnungsräumung zu Lasten einer Karin Armbrüster. Ich habe die Tatverdächtigen in der Küche festgesetzt.« Sie dachte nicht im Traum daran zu erwähnen, dass einer der drei Männer, die die Polizisten gleich antreffen würden, nichts mit der Sache zu tun hatte.

Sollte Herr Krämer doch sehen, wie er sich da rauswand. Ähnlichkeit mit einem Wurm hatte er schließlich genug, das Winden dürfte ihm also leicht fallen. Sie überreichte dem Beamten den Schlüssel zur Küchentür. »Wenn die Männer die Sachen zurückbringen und ordentlich aufräumen, werde ich von einer Anzeige absehen. Vielleicht können Sie ihnen das nahe bringen.«

Der Polizist nickte. »Faires Angebot«, sagte er.

»Das grenzt ja an Meuterei!«, schimpfte Felix vor sich hin, während er mit Benny auf dem Arm über den Gerichtsflur zum Verhandlungssaal schritt. Kaum war Sandra vorhin durch die Tür verschwunden, hatte die Sekretärin der Richterin Kreutzer bei ihm angerufen und ihn gebeten, in einer Stunde im Gerichtssaal zur Verhandlung zu erscheinen. Und was hatte Biene ihm geantwortet, als er sie bat, solange auf Benny aufzupassen? *Nein!* Einfach nur *nein!* Jetzt stand er hier, mit einem Kind auf dem Arm in einer Verhandlung! Aber das wäre doch gelacht, wenn er, Felix Edel, aus dem bedeutenden Geschlecht der Edels, sich von einer solchen Kleinigkeit aus dem Konzept bringen lassen würde. »Das wird eine meiner leichtesten Übungen«, sagte er zu Benny, straffte die Schultern und öffnete die Tür zum Gerichtssaal.

Das Blitzlichtgewitter, das ihn empfing, blendete ihn derartig, dass er erst mal die Hand vor die Augen halten musste.

»Meine Herren, das reicht!«, ertönte schließlich die resolute Stimme der Richterin. »Packen Sie Ihre Kameras weg.«

Felix machte sich erleichtert auf den Weg zu seinem Platz neben Beate Rademacher. Er wunderte sich über die Blicke, die ihm folgten. Gut, er war etwas zu spät, aber warum grinsten denn alle so? »Da Herr Edel sich endlich bequemt hat, können wir ja anfangen«, fuhr Frau Kreutzer, die Richterin, fort.

Felix setzte sich und tat sein Bestes, um das Getuschel

und Gekicher hinter seinem Rücken zu ignorieren. Richterin Kreutzer sprach ihn an: »Ist das Kind auf Ihrem Arm Verfahrensbeteiligter?«

Felix suchte seinen gesamten Charme zusammen. »Hohes Gericht«, begann er, »ich bitte um Nachsicht, aber es war mir in der Kürze der Zeit nicht möglich, einen Babysitter zu finden.«

»Wenn Sie sich umschauen, werden Sie unschwer feststellen, dass Sie sich nicht in einer Kinderkrippe befinden, sondern in meinem Gerichtssaal«, entgegnete Frau Kreuzer jedoch nur.

Felix spürte Beates vorwurfsvolle Blicke. Offenbar fürchtete sie, in ihm doch nicht den optimalen Verteidiger gefunden zu haben, wenn er sich nun mit der Richterin anlegte. »Selbstverständlich, Frau Vorsitzende«, stimmte er der Richterin kleinlaut zu und wühlte nach dieser Belehrung weiter in seinen Unterlagen, als wäre das Thema damit beendet.

»Also, entfernen Sie das Kind.«

Felix atmete tief durch. Dann erhob er sich und ging auf den Richtertisch zu. Das Gekicher hinter seinem Rücken war ihm nach wie vor unverständlich. So lächerlich war ein Mann, der ein Kind dabeihatte, ja nun wirklich nicht.

»Bitte, Frau Richterin«, sprach er Frau Kreuzer vertrauensselig an, »ich weiß, dass mein Anliegen äußerst ungewöhnlich ist. Aber schauen Sie, Benjamin ist noch nicht mal ein Jahr alt ... ich kann ihn doch nicht allein lassen.«

Die Richterin sah ihn und den Kleinen schweigend an. Benjamin lächelte der fremden Frau zu.

»Sie kennen die Babysitter-Misere doch auch«, legte Felix seinen letzten Joker auf den Tisch.

»Ich bin kinderlos«, antwortete Richterin Kreuzer emotionslos.

Felix blieb die Luft weg. Er hatte ein Eigentor geschossen.«»Oh ... das tut mir Leid«, stammelte er und hätte sich im gleichen Augenblick am liebsten geohrfeigt. Doch jetzt huschte ein Lächeln über das Gesicht der Richterin.

»Also gut«, gab sie nach. »Solange sich das Kind so ruhig verhält, kann es bleiben.«

Felix atmete erleichtert auf. »Danke«, murmelte er und wandte sich ab, um wieder zu seinem Platz zurückzukehren.

»Herr Rechtsanwalt!« Felix fuhr wieder herum. Was kam denn jetzt noch? Die Richterin deutete mit einem Schmunzeln auf ihre linke Schulter.

Felix stutzte, dann besah er seine Robe. Mit einem Mal wurde ihm klar, warum alle hinter seinem Rücken kicherten: Ein ziemlich auffälliger Milchfleck verschönerte seine Berufskleidung. Angewidert und vorwurfsvoll betrachtete er Benjamin, der jedoch so aussah, als wollte er jegliche Schuld von sich weisen.

»Können wir dann jetzt endlich mit der Verhandlung beginnen?«

Felix drückte Beate Benny in den Arm und tat sein Bestes, um den Milchfleck von seiner Robe zu entfernen, während der Anwalt der Gegenseite, Rechtsanwalt Clasen, die Sachlage aus seiner Sicht schilderte.

Dann, endlich, war es Zeit für seine Rede, die er sich zurechtgelegt hatte. Die Angelegenheit, so schätzte er, würde in fünf Minuten vom Tisch sein, denn der Fall war eindeutig.

Sobald Rechtsanwalt Clasen wieder Platz genommen hatte, erhob sich Felix. »Die Fotografien sind ihrem Charakter und ihrer Entstehung innerhalb eines privaten Verhältnisses nach eindeutig der Privatsphäre der Antragstellerin zuzuordnen und unterliegen damit dem allgemeinen Persönlichkeitsschutz sowie dem Recht am eigenen Bild nach Paragraph 22 KUG. Dem steht nicht entgegen, dass es sich bei meiner Mandantin um eine absolute Person der Zeitgeschichte nach Paragraph 23 handelt, denn ein Informationsinteresse der Öffentlichkeit ist nicht gegeben. Daher ist die Veröffentlichung seitens der ›Illu‹ strafbewehrt zu untersagen.« Mit sich selbst zufrieden setzte sich Felix neben seine Mandantin und widerstand nur mühsam dem Drang, bereits alle Unterlagen wieder in seiner Tasche zu verstauen. Für ihn war die Sache damit erledigt.

Umso überraschter zeigte sich Felix, als sein Kontrahent in diesem Augenblick erneut aufstand und mit einem süffisanten Grinsen verkündete: »Der geschätzte Kollege Edel ist offensichtlich nicht hinreichend über den Sachstand informiert...« Felix zuckte zusammen. Das hörte sich nicht gut an. »Die Antragstellerin hat der Veröffentlichung bereits zugestimmt«, fuhr Clasen fort und ging mit überheblicher Siegermiene auf den Richtertisch zu, um der Vorsitzenden ein Blatt Papier zu reichen. »Der Antrag ist zurückzuweisen«, schloss er abrupt, während er zu seinem Platz zurückkehrte.

»Was soll das?«, fragte Felix und machte sich in diesem Moment wenig Gedanken um die Formulierung.

»Ich habe vor mir liegen«, sagte Richterin Kreutzer und sah nur einen Augenblick über ihren Brillenrand hinweg zu Felix, »ein handgeschriebenes und mit ›Beate Rademacher‹ unterzeichnetes Schriftstück folgenden Inhaltes: ›Ich bin mit der Ausstellung und Veröffentlichung der Aktfotos einverstanden.‹« Sie ließ das Blatt sinken und sagte zu Felix: »Wollen Sie sehen?«

Felix sprang auf, untersuchte den Zettel, den die Richterin ihm reichte, als handelte es sich dabei um eine Mordwaffe, und zischte seiner Mandantin dann ungehalten zu: »Was ist das?«

Frau Rademacher blickte verlegen und versuchte den mittlerweile schlafenden Benny auf ihrem Arm in eine für sie bequemere Position zu bringen. »Das? Das ist nichts. Da ging es nur um irgendeine Kunstausstellung.«

»Aber du hast der Veröffentlichung zugestimmt!«

»Nein, habe ich nicht«, beharrte Beate. »Nur der Ausstellung und dem Katalog dazu.«

»Aber das steht da nicht!« Felix war fassungslos. Wie sollte er jetzt eine neue Verteidigung aus dem Ärmel schütteln? Niedergeschlagen ließ er sich auf seinen Stuhl sinken.

»Herr Edel? Möchten Sie erwidern?« Die Richterin hatte ihren strengen Blick auf Felix gerichtet.

Felix seufzte unhörbar und stand schwerfällig auf. »Meine Mandantin«, begann er schleppend, »hat die vorliegende Einwilligung ausschließlich für eine von dem Fotografen angeblich beabsichtigte Kunstausstellung und den damit verbundenen Abdruck in einem Ausstellungskatalog erteilt. Dies ergibt sich aus der Formulierung ›Ausstellung *und* Veröffentlichung‹. Anderenfalls hätte es ›Ausstellung *oder* Veröffentlichung‹ geheißen.« Er setzte sich wieder und wartete schicksalsergeben den weiteren Verlauf der Verhandlung ab. Sicher, der Haken, den er soeben geschlagen hatte, war nicht der beste seiner Laufbahn, aber im Augenblick fiel ihm wirklich nichts anderes ein.

In diesem Moment öffnete sich die Tür des Gerichtssaals und Sandra erschien im Türrahmen. Sie blieb einen Moment lang stehen und warf Beate Rademacher, auf deren Arm sie den schlafenden Benny entdeckte, einen bösen Blick zu. Dann nahm sie möglichst leise und unauffällig in einer der hinteren Sitzreihen Platz.

Über Felix' Gesicht huschte ein Lächeln. Aber natürlich! Das war die Idee! Durch ihr bloßes Erscheinen hatte Sandra ihm die Argumentation eingegeben! Daran änderte auch Clasens Versuch, die Dinge noch einmal umzubiegen, nichts mehr.

»Veröffentlichung ist Veröffentlichung«, argumentierte der Anwalt der »Illu« gerade und war sich seiner Sache augenscheinlich ziemlich sicher, »gleich, ob in einem Kunstkatalog, einem Buch oder einer Zeitung.«

Das Nicken der Richterin zeigte, dass sie Clasen in dieser Angelegenheit Recht gab.

»Veröffentlichung ist nicht gleich Veröffentlichung.« Felix erhob sich und sein Gesicht zeigte wieder Optimismus und Siegesgewissheit. »Im Rahmen einer Galerieausstellung mit dazugehörigem Katalog und entsprechender kunsthistorischer Einordnung wirken diese qualitativ hochwertigen Aufnahmen als Kulturgut. Im Rahmen der Boulevardzeitung ›Illu‹ dagegen dienen sie lediglich zur Anregung von sexuellen Fantasien der männlichen Leserschaft. Dort werden sie zu Pornografie!« Das letzte Wort betonte er so, als müsste er sich überwinden, es überhaupt auszusprechen.

Sandra konnte auf ihrem Zuschauerposten ein Lächeln nicht ganz unterdrücken. Wie kam Felix nur auf so was?

»Ein und dasselbe Nacktfoto soll einmal Kunst sein und das andere Mal Pornografie?« Rechtsanwalt Clasens Gesicht zeigte eindeutig sein Unverständnis. »Das ist doch Haarspalterei!«

»Keineswegs«, widersprach Felix. »Sehen Sie sich meine Mandantin an«, fuhr er fort und deutete mit einer Handbewegung auf Beate Rademacher. Die Augen aller Anwesenden wandten sich der attraktiven Frau zu, die den schlafenden Benny auf dem Arm hin und her wiegte. »Sie ist eine junge Frau in den besten Jahren. In absehbarer Zeit wird sie Mutter sein. Für ihr Kind ist es sehr wohl ein Unterschied, ob es die Bilder seiner Mutter in einem Kunstkatalog findet oder in einem Schmierblatt.«

»Sind Sie schwanger?«, wollte Richterin Kreutzer von Frau Rademacher wissen.

Felix' Mandantin schüttelte stumm den Kopf.

»Dann ist das Kind auf Ihrem Arm Ihres?«, fuhr die Richterin fort.

»Nein!«, antwortete Beate Rademacher empört.

»Von welchem Kind reden Sie denn dann?«, wandte sich die Richterin verwirrt an Felix.

»Frau Rademacher ist eine Frau und daher eine potenzielle Mutter. Davon rede ich«, antwortete Felix mit Nachdruck. Das aufbrausende Gelächter im Gerichtssaal ließ ihn allerdings heftig erröten.

Sandra schüttelte den Kopf. Dass Felix Edel aber auch immer so übertreiben musste! »Ruhe!« Die Richterin klopfte energisch auf den Tisch und das Gelächter verstummte augenblicklich. Nur Benny, der bei dem Lärm erwacht war, hielt sich nicht an das Gebot der Vorsitzenden und schrie, bis Felix endlich die Milchflasche aus seiner Tasche gezogen hatte und ihn damit beruhigte.

»Das reicht«, fuhr Frau Kreutzer fort. Sie war sichtlich angestrengt. »Ich vertage die Verhandlung auf morgen, elf Uhr.« Sie warf Felix einen strengen Blick zu. »Ohne Kinder!«

5
Die Notlüge

»Das war ja wohl ein Schuss in den Ofen.« Felix hielt Benny auf dem Arm und bemühte sich, den Gerichtssaal hoch erhobenen Hauptes zu verlassen, was ihm sichtlich schwer fiel. Am liebsten hätte er den Kopf zwischen die Schultern gezogen wie eine Schildkröte oder besser noch wie ein Igel, der gleichzeitig seine Stacheln aufstellt und sich zur Selbstverteidigung zu einer Kugel zusammenrollt. Aber er versuchte eine selbstbewusste Haltung zu wahren.

»Nimm's nicht tragisch«, versuchte Beate Rademacher ihn zu trösten. »Du kannst nichts dafür. Ich habe diesen Zettel einfach vergessen. Das war so eine Aktion zwischen Tür und Angel, damit der mich endlich in Ruhe lässt.«

»Es wird schwer, die Kuh morgen wieder vom Eis zu holen.« Felix hätte den Gedanken an die Fortsetzung der Verhandlung gerne verdrängt.

»Das schaffst du schon.« Die attraktive Rothaarige küsste Felix verheißungsvoll auf die Wange. »Gehen wir zu mir?«, hauchte sie ihm zu.

Ein schroffes »Nein!« ließ die beiden auseinanderfahren. Mit einem gezwungenen Lächeln drängte sich Sandra zwischen ihren Kollegen und dessen Mandantin und zog Benny von Felix' Arm.

»Oh, die Mutter«, sagte Beate Rademacher spitz.

Felix sah seine Felle davonschwimmen. »Äh ... nein ... das ist ...«

Aber Sandra ließ ihn nicht zu Wort kommen. Sie wandte sich mit einem abweisenden Gesichtsausdruck zu Frau

Rademacher um und sagte in einem Ton, der keinen Widerspruch duldete: »Wir haben etwas zu besprechen.«

»Dann möchte ich nicht länger stören«, antwortete Beate Rademacher mit arrogantem Ton und drehte sich um.

Felix wollte ihr noch etwas hinterherrufen, doch Sandra zischte ihm empört zu: »Wie konnten Sie Benny nur dieser Person überlassen?«

Felix sah sich in die Defensive gedrängt. »Diese Person ist eine einträgliche Mandantin!«

Sandra grinste und zeigte dabei wieder ihr Grübchen. »O ja, und sehr ... anregend dazu.« Vor ihrem inneren Auge erschienen wieder die Schwarz-weiß-Fotos aus dem Umschlag.

Felix hielt lieber den Mund und folgte seiner Partnerin schweigend. Solange Sandra in dieser Stimmung war, konnte man mit ihr sowieso kein vernünftiges Wort wechseln.

Sandra steuerte zielstrebig eine Bank im Foyer des Gerichtsgebäudes an und setzte sich.

Felix nahm neben ihr Platz und wartete einige Minuten ab, bis Sandra ihre innige Begrüßung Benjamins beendet hatte.

»Worüber wollen Sie denn nun mit mir sprechen?«, fragte er schließlich.

»Ich habe Angst, dass sie sich was angetan hat«, anwortete Sandra überraschend.

Es dauerte einige Sekunden, bis Felix die Bedeutung dieser Aussage kapierte. Aber als sein Blick auf Benny fiel, begriff er. Sandra sprach von Benjamins Mutter! »Ich an ihrer Stelle wäre am Ende«, fuhr Sandra fort, ohne auf eine Reaktion von Felix zu warten. »Ein Riesenberg Schulden, Konto gesperrt, Job weg, Wohnung gekündigt ...«

»Wir sollten eine Vermisstenanzeige aufgeben«, schlug Felix vor.

»Schon erledigt«, berichtete Sandra. »Patrizia kümmert sich darum. Auf dem kleinen Dienstweg, versteht sich.«

Felix zog erstaunt eine Augenbraue hoch. »Wie haben Sie das denn geschafft?« Viel wusste er ja nicht von Sandras bester Freundin. Aber dass die karrierebewusste Staatsanwältin normalerweise nichts davon hielt, ihre Position zur illegalen Informationsbeschaffung auszunutzen, war selbst ihm klar.

Sandra grinste zufrieden. »Ich habe sie erpresst. Ich habe ihr gesagt, dass Benny so lange bei uns bleibt, bis sie die Mutter gefunden hat.«

Felix grinste nun auch. Er konnte sich vorstellen, dass eine solche Drohung bei Patrizia, die ihre Unabhängigkeit über alles schätzte, zog.

»Und was ist mit dem Jugendamt?«, erkundigte er sich.

»Habe ich im Griff«, behauptete Sandra, sah Felix dabei aber nicht an.

Felix nickte und beschloss, diese Aussage lieber nicht zu hinterfragen.

»Schau her, Benny«, wandte sich Sandra an den Jungen und zog den kleinen Teddybären aus ihrer Handtasche, den sie in Karin Armbrüsters Wohnung gefunden hatte. »Ich hab dir was mitgebracht.« Plötzlich drang ein unangenehmer Geruch in ihre Nase. »Was stinkt denn hier so?« Sie hob Benny hoch und schnupperte an ihm. »Oh«, machte sie und drückte dem überraschten Felix das Kind in den Arm. »Ihre Schicht geht noch bis morgen früh.«

»Aber ...« Felix kämpfte bereits bei dem bloßen Gedanken daran, was ihm nun bevorstand, mit einer leichten Übelkeit.

»Sie wissen doch, wie das geht«, sagte Sandra und ihr Grübchen erschien Felix in diesem Augenblick besonders stark ausgeprägt. Dann drehte sie sich um, winkte ihm zum Abschied zu – und verschwand.

»Schöne Scheiße«, murmelte Felix und machte sich auf die Suche nach einer Ersatzwindel.

Benjamin lag auf Bienes Arm und erkundete mit seinen Fingern ihre Nase. »Na, hast du Onkel Felix ordentlich nass gemacht?« Nachdem Felix völlig fertig von der nervenaufreibenden Verhandlung und den Strapazen des Wickelns in die Kanzlei zurückgekommen war, hatte sich Biene schließlich doch ihres Chefs erbarmt und ihm den Kleinen für eine Weile abgenommen. Jetzt verlagerte sich Benjamins Aufmerksamkeit gerade auf ihre Ohren.

In diesem Augenblick schellte es und während Biene versuchte, Benny davon abzuhalten, an ihrem Ohrring zu ziehen, betätigte sie gleichzeitig den Türöffner. »Was kann ich für Sie tun?«, fragte sie den etwas steif wirkenden Mann, der die Kanzlei betrat und sie und das Kind sorgfältig musterte.

»Ich suche die Rechtsanwältin Starck.«

»Und wer sind Sie?«, erkundigte sich Biene höflich aber bestimmt.

»Jugendamt. Krämer«, lautete die knapp erteilte Auskunft.

Biene zuckte zusammen. »Frau Starck ist nicht im Haus«, antwortete sie und war froh, dass dies tatsächlich der Wahrheit entsprach. Doch Herr Krämer schien ihr nicht zu glauben. Selbstbewusst stolzierte er auf Sandras Bürotür zu, aber Biene stellte sich ihm mutig in den Weg. »Hey! Das dürfen Sie nicht!«, hielt sie ihn zurück und warf alle Höflichkeit über Bord. Dieser Mensch schien schließlich selbst nicht viel davon zu halten.

»Ist Frau Starck dort drin?«, erkundigte sich Herr Krämer mit dem Ton eines Inquisitors.

»Nein!« Am liebsten hätte Biene diesen Wichtigtuer hochkant rausgeworfen, aber sie wusste, dass sie sich das nicht leisten konnte. Herr Krämer hatte es ohnehin schon auf

Sandra und die Kanzlei – und vor allem auf Benny – abgesehen. Es war klüger, sich kooperativ zu geben.

»Hat Frau Starck ein Kind?«, setzte der Mann vom Jugendamt seine Befragung fort.

»Äh ...« Biene suchte nach der richtigen Antwort.

»Nein, hat sie nicht«, beantwortete Herr Krämer seine Frage selbst. »Das habe ich im Standesamt in Erfahrung bringen müssen. Wo ist das Baby, das Frau Starck als ihres ausgibt?«

Biene schwieg – und hoffte inständig, dass Herr Krämer tatsächlich so wenig Gespür für Kinder hatte, wie Sandra immer behauptete. Sonst hätte er in Benny auf ihrem Arm längst das Kind erkennen müssen, nach dem er so intensiv suchte.

Als Herr Krämer immer noch keine Antwort bekam, fuhr er fort: »Ich hege den begründeten Verdacht, dass es sich bei dem Kind, das Frau Starck als ihres ausgibt, um den verschwundenen Benjamin Armbrüster handelt.«

»Frau Starck ist erst morgen früh wieder hier«, sagte Biene und bemühte sich um ein freundliches Lächeln. Hoffentlich ging dieser Inquisitor ersten Ranges nun endlich, bevor die Bombe platzte! Herr Krämers Blick fiel auf Benny, als hätte er das Kind erst in diesem Augenblick registriert. »Wer ist das?«

Biene holte tief Luft. »Das? Das ist mein Kind.«

»Wie heisst es?«, setzte Herr Krämer sein Verhör fort.

»Äh ...« Biene geriet ins Trudeln und als in dieser Sekunde gerade Felix aus der Kaffeeküche kam und sich neben sie stellte, antwortete sie fast automatisch: »Felix. Er heißt Felix.«

»Können Sie das beweisen?«

Der Typ war wirklich hartnäckig. Allmählich ging Biene die Puste aus.

»Ich kann das bezeugen«, half Felix seiner Sekretärin aus

der Patsche und legte vertrauensselig seinen Arm um ihre Schultern.

Biene nickte.

»Und wer sind Sie?« Herr Krämer wandte seine Aufmerksamkeit von Biene ab und Felix zu. Biene hatte das Gefühl, dem Netz der Spinne gerade noch einmal entkommen zu sein.

»Ich bin der Vater.« Felix grinste selbstbewusst. »Rechtsanwalt Felix Edel senior. Haben Sie sonst noch Fragen?«

Herr Krämer kapitulierte. »Frau Starck soll mich umgehend anrufen. Richten Sie ihr das aus.« Und ohne ein Wort des Grußes verließ er die Kanzlei.

Kaum war die Tür hinter ihm ins Schloss gefallen, wand sich Biene aus Felix' Arm. »Langsam reicht es mir aber! Werde ich hier fürs Lügen bezahlt, oder was?«

»Notlügen sind, wie der Name sagt, notwendiger Bestandteil der Arbeitsleistung.« Felix hatte wenig Lust, sich jetzt auch noch mit Biene zu streiten. Hatte Sandra nicht behauptet, sie hätte das mit dem Jugendamt im Griff? Davon konnte ja wohl keine Rede sein.

Biene drückte ihm Benny auf den Arm. »Kinderschleppen aber nicht. Und außerdem habe ich jetzt Feierabend.« Sie schnappte sich ihre Jacke vom Garderobenhaken und schlug die Tür hinter sich ins Schloss.

Felix blieb mit Benny auf dem Arm in der Kanzlei zurück. Ein wenig ängstlich musterte er das Kind, das ihn erwartungsvoll ansah. Was würde die kommende Nacht für ihn bereithalten?

Sandra starrte auf den Fernseher, aber von dem Film, der gezeigt wurde, bekam sie nicht das Geringste mit. In ihrem Kopf lief ein ganz anderer Film. Ein Film, in dem es um ein Waisenkind ging, das Benny hieß. Ein Kind, das in einem Heim aufwuchs. Ohne die Liebe und die Fürsorge, die Kleinkinder brauchen. Ein trauriges und einsames Kind, das nicht, wie es eigentlich jedem Menschen zustand, alle Chancen zur Entwicklung geboten bekam. Und es ging um eine junge Frau. Eine ungebundene und ehrgeizige junge Frau, die soeben dabei war, sich mit einem Geschäftspartner eine gesicherte Existenz in Form einer eigenen Anwaltskanzlei aufzubauen. Wie machten allein erziehende Mütter das? Wie war es möglich, Karriere und Kind unter einen Hut zu bringen? Die drei K's der Frau, schoss es Sandra durch den Kopf. Früher verstand man darunter Kinder, Küche, Kirche. Und heute? Kinder, Karriere, Kopfschmerzen? Wie hatte ihre eigene Mutter das nach dem Verschwinden ihres Vaters geschafft? Die Antwort kannte Sandra: Sie hatte sich ganz in den Dienst ihrer einzigen Tochter gestellt und nichts aus sich und ihrem eigenen Leben gemacht. Eine Tatsache, die Sandra ihrer Mutter insgeheim vorwarf und wegen der sie sich manchmal – wenn sie einmal ehrlich war – ihrer Mutter schämte.

Als wäre die Last der Gedanken zu groß, wurde Sandras Kopf schwerer und schwerer. Als sie schließlich von Patrizia, die von einer ihrer zahlreichen Verabredungen nach Hause kam, geweckt wurde, konnte sie nicht sagen, wie lange sie geschlafen hatte. Eine halbe Stunde? Oder zwei? Sie richtete sich auf der Couch auf, schaltete den Fernseher aus und warf einen Blick auf die Uhr. Kurz vor Mitternacht. Also musste sie doch länger geschlafen haben.

»Und? Hast du was rausbekommen?«, löcherte sie ihre Freundin.

Patrizia brauchte keine langen Erklärungen. Sie wusste sofort, was Sandra meinte. »Nein«, antwortete sie. »Keine Spur von der Mutter. Zumindest nicht in den Krankenhäusern und Leichenhallen.«

»Ist das ein gutes Zeichen?«, frohlockte Sandra.

Patrizia hob die Schultern. »Manche Leichen werden erst

nach Monaten gefunden ... im Gebüsch oder unter Laub. Kaum mehr zu erkennen, von Maden zerfressen und ...«

Sandra verzog angewidert das Gesicht. »Hör auf!«

Patrizia tat, was Sandra von ihr verlangt hatte, und schwieg.

Einige Minuten lang saßen die beiden Frauen einträchtig schweigend nebeneinander auf der Couch. Schließlich sammelte Sandra all ihren Mut zusammen. Mit wem, wenn nicht mit Patrizia, sollte sie darüber sprechen, was sie zur Zeit so bewegte und worüber sie sich Gedanken machte? »Wie fändest du es, wenn ich ein Kind bekäme?«

Sandra hatte erwartet, dass Patrizia vor Schreck aufspringen würde, aber ihre Freundin blieb unerwartet ruhig. »Die Frage ist doch ziemlich hypothetisch.«

Sandra runzelte die Stirn. Hatte Patrizia sie nicht verstanden? »Wieso hypothetisch?«, fragte sie nach.

»Na ja«, machte Patrizia. »Dafür brauchst du erst einmal einen Mann ...«

Sandra war jetzt nicht in der Stimmung nachzuhaken, wieso Patrizia die Möglichkeit, Sandra könnte einen passenden Mann zur Familiengründung finden, für so abwegig hielt. »Ich meine, ohne Mann und ohne dicken Bauch ... Einfach so ...«

Jetzt hatte Patrizia sie verstanden. »Das ist nicht dein Ernst!«, antwortete sie und starrte ihre Freundin mit blankem Entsetzen in den Augen an. »Bist du jetzt völlig durchgeknallt?« Sie sprang regelrecht vom Sofa auf und stapfte aufgebracht durchs Zimmer. »Wie willst du das überhaupt schaffen? Noch dazu ohne Mann! Ein Baby!« Sie schlug sich mit der flachen Hand gegen die Stirn. Sandra schwieg und starrte lediglich trotzig auf ihre Füße. Patrizia wechselte ihre Taktik. Als hätte sie es mit einer Geistesgestörten zu tun, sprach sie beruhigend, fast schon hypnotisierend, auf ihre Freundin ein: »Du hast dich doch gerade erst selbstständig gemacht. Die eigene Kanzlei war immer dein Traum. Kein Chef, keine blöde Anmache, kein Schuften für andere ... Willst du wirklich vom Gerichtssaal in den Sandkasten wechseln? Raus aus der Robe, rein in die Schürze? Dich zum Sklaven eines Säuglings machen?«

Sandra saß weiterhin schweigend da und betrachtete ihre rot lackierten Zehennägel, als wäre die Antwort auf diese Frage dort zu finden.

Doch Patrizias Plädoyer war noch nicht zu Ende. »Nein, meine Liebe«, fuhr sie fort. »Wenn du Mutter werden willst, dann mach es richtig. Lach dir so einen ›ich kann Windeln wechseln‹ weichgespülten Family-Van-Chauffeur an, steig mit ihm in die Kiste, verbring neun Monate über die Kloschüssel gebeugt und stirb Höllenqualen beim Rauspressen. Das ganze Programm. Abkürzen gilt nicht.«

Sandra wartete offenbar immer noch auf eine Antwort von ihren Füßen und Patrizia setzte zum finalen Schlag an: »Weißt du, was du bist? Du bist neurotisch. Nur weil du auf einmal deinen verdrängten Kinderwunsch entdeckst, muss dieser arme Benny ran. Du bist wie eine dieser Frauen, die ein Baby vorm Supermarkt klauen.«

Sandra schnappte nach Luft. Harte Worte war sie von ihrer besten Freundin gewohnt. Aber das war zu viel! Da ihre Füße die Antwort schuldig geblieben waren, mussten sie wohl wieder niedere Dienste übernehmen. Sandra sprang auf und schleuderte Patrizia ein »Das ist nicht fair!«, ins Gesicht, bevor sie schluchzend ins Badezimmer rannte.

Patrizia sah ihr betroffen hinterher. Da waren wohl mal wieder die Gäule mit ihr durchgegangen.

6
Ein Risiko von eins zu tausend

Felix rannte nervös in seiner Wohnung auf und ab. Wo blieb Christoph nur? Er sah auf seine Armbanduhr. Wieso brauchte sein Freund so lange? Es war schon mindestens fünfzehn Minuten her, dass er ihn angerufen und um Hilfe gebeten hatte. Und er war immer noch nicht da!

Benny lag auf Felix' Bett und weinte herzerweichend. Dann verstummte er plötzlich und seine Augen starrten gegen die Decke.

»Benny?« Felix beugte sich über das Kind und legte vorsichtig ein Ohr auf Bennys Brustkorb. Atmete er noch? Er strich behutsam mit einer Hand über die glühend heiße Wange des Kindes, das daraufhin lauthals aufschrie.

Felix zuckte zurück. Die Falten an seinen Mundwinkeln waren noch tiefer als sonst und er hatte einen angestrengten Gesichtsausdruck. Langsam war er am Ende seiner Kräfte angelangt. So ging es nun schon seit Stunden! Zunächst hatte Felix seine Freundin Anke, selbst zweifache Mutter, angerufen, um sich Rat zu holen, nachdem das Fieberthermometer zweifelsfrei 38,7 Grad Celsius angezeigt hatte. Und zuerst war er auch ganz beruhigt gewesen, als Anke ihm gesagt hatte, das sei kein Grund sich aufzuregen. Kleine Kinder hätten schon mal einen Infekt, der in der Regel von selbst wieder verschwände. Aber dann hatte sie etwas von SIDS und »Plötzlichem Kindstod« gefaselt. *Tod?* Bei diesem Wort war es Felix abwechselnd heiß und kalt über den Rücken gelaufen und als Anke am Telefon merkte, dass sie ihn beunruhigt hatte, setzte sie hinterher, das sei ein sehr seltenes Phänomen, nur eins von tausend Kindern pro Jahr würde auf diese noch nicht näher erklärbare Weise sterben.

Eins von tausend? Und das sollte ihn beruhigen?

Ohne ein Wort des Dankes oder der Verabschiedung hatte Felix das Gespräch beendet und im unmittelbaren Anschluss daran Christoph, den Arzt, angerufen, auf den er nun seit Stunden, wie es ihm schien, wartete.

Als es in diesem Augenblick schellte, stand Felix bereits hinter der Tür in Startposition und riss sie erwartungsvoll auf. »Wo bleibst du denn?«, herrschte er seinen Freund an, der mit seinem Arztkoffer in der Hand im Hausflur stand und nicht wusste, wie ihm geschah, als Felix ihn unsanft am Hemdärmel in die Wohnung zerrte.

»Nun mach dir mal nicht in die Hose! So schnell stirbt ein Kind nicht«, antwortete Christoph und stolperte hinter Felix her ins Schlafzimmer.

Felix überlegte einen Augenblick, ob er Christoph, der ja kein Kinderarzt war, über die Risiken des Plötzlichen Kindstodes und dessen Häufigkeitsrate aufklären sollte, entschied sich dann aber dagegen. Er wollte lieber keine weitere Zeit verschwenden.

Christoph setzte sich neben Benny aufs Bett, zog das unablässig schreiende Baby vorsichtig bis auf die Windel aus und nahm eine kleine Taschenlampe, ein Stethoskop und einen Holzspatel aus seiner Arzttasche.

Felix wischte sich den Angstschweiß von der Stirn, während er seinen Freund bei der Untersuchung beobachtete.

Christoph sah aufmerksam in Bennys Augen, in Bennys Ohren, hörte seinen Brustkorb ab und besah schließlich den Rachen und Mundraum des Kindes. Mit sorgenvoller Miene wandte er sich an Felix.

»Das habe ich befürchtet«, sagte er mit Grabesstimme.

»Was?«, krächzte Felix, aufs Schlimmste gefasst.

Mit todernster Miene verstaute Christoph seine Utensilien wieder im Arztkoffer und ohne Felix anzusehen sagte er: »Du kannst ihn wieder anziehen.«

Felix merkte, dass seine Hände plötzlich zitterten. »Was hat er denn?«

Christoph wandte sich ihm zu. »Die Zähne«, sagte er knapp.

Felix schluckte. »Was ist mit den Zähnen?«, wollte er wissen und versuchte die aufsteigende Panik zu unterdrücken.

Christoph grinste über das ganze Gesicht. »Er bekommt welche. Rote Wangen, Speichelfluss, leichtes Fieber, Übellaunigkeit, Schmerzen ... Benny zahnt. Haben wir alle mal.«

Felix ließ sich in den nächststehenden Sessel fallen. »Das ist zu viel für mich!«, stöhnte er.

Christoph klopfte ihm aufmunternd auf die Schultern. »Mach dir nichts draus«, versuchte er ihn zu trösten. »Dafür gibt es Mütter. Die haben so einen speziellen Draht zu ihren Kindern, eine Art Geheimverbindung. Davon haben wir Männer keine Ahnung.«

Felix nickte langsam und bedächtig. *Mütter*, wiederholte er das Wort in seinem Kopf und hatte plötzlich eine glänzende Idee. Galt das mit der Geheimverbindung auch für potenzielle Mütter?

»Es geht nicht um mich oder ums Kinderkriegen. Ich kann Benny nicht im Stich lassen. Das ist alles.« Sandra zog das etwa dreiundvierzigste Taschentuch aus der Kleenexpackung und putzte sich geräuschvoll die Nase. Patrizia sah ihrer Freundin mit zweifelndem Gesichtsausdruck zu. »Kannst du dir das vorstellen?«, fuhr Sandra fort. »Ein Leben im Heim?« Sie kämpfte gegen die nächste Tränenflut an – und verlor.

Patrizia seufzte. Sandra war ganz offensichtlich nicht mehr zu helfen. »Du meinst es wirklich ernst«, konstatierte sie.

Sandra wollte gerade zu einer weiteren Erklärung ansetzen, als ein Klingeln an der Tür sie unterbrach.

»Ich geh schon«, sagte Patrizia und stand auf.

Sandra blieb auf dem Sofa sitzen und sagte – mehr zu sich als zu Patrizia, die den Raum bereits verlassen hatte: »Irgendjemand muss Benny doch helfen!«

Als das leise Wimmern eines Babys an Sandras Ohr drang, erstarrte sie regelrecht. Hatte sie jetzt schon Wahnvorstellungen? Doch das Wimmern wurde lauter.

»Benny!«, rief sie und stürzte Felix entgegen, der in diesem Augenblick das Wohnzimmer betrat.

Felix musste sie nicht erst darum bitten, ihr das Baby aus dem Arm zu nehmen.

»Benny, mein Kleiner. Was ist mit dir?« Sandra drückte das Kind sanft an sich und betastete vorsichtig seine Stirn, während sie ihn aufmerksam musterte. »Hast du Zahnschmerzen?« Felix, der sich bereits erschöpft auf den nächsten Sessel hatte fallen lassen, riss die Augen auf. Woher wusste Sandra nach einem Blick, was Benny fehlte, während er Stunden und ärztliche Hilfe gebraucht hatte, um das herauszufinden? »Das geht vorbei, komm her, ich schaukel dich ein bisschen«, sprach Sandra beruhigend auf das Kind ein und Bennys Weinen wurde bereits leiser. Sie bettete sein Köpfchen auf ihrem linken Arm, das Ohr dicht an ihrem Herzen und ging mit langsamen Schritten im Wohnzimmer auf und ab. »La Le Lu, nur der Mann im Mond schaut zu . . .«

Felix lehnte den Kopf an die Sessellehne und massierte sich die Stirn. »Ich kann nicht mehr«, jammerte er.

». . . wenn die kleinen Babys schlafen . . .«

»Das ist zu viel für mich«, klagte Felix und schloss die Augen.

». . . drum schlaf auch du.«

Felix schnarchte.

»La Le Lu, vor dem Bettchen stehen . . .«

Bennys Augenlider fielen herab.

». . . zwei Schuh' und die sind genauso müde . . .«

Benny gähnte.
»... geh jetzt zur Ruh'.«
Benny schlief.

Wenn jemand Sandra nach der vergangenen Nacht gesagt hätte, dass sie die folgende wieder damit zubringen würde, Benny auf dem Arm wiegend durchs Wohnzimmer zu tragen, dann hätte sie diese Möglichkeit vehement bestritten und behauptet, dabei würde sie ganz bestimmt zusammenbrechen. Umso erstaunlicher war es, dass bereits die ersten Sonnenstrahlen des neuen Tages ins Zimmer brachen und sie erschöpft aber glücklich neben Bennys Reisebett saß und ihn beim Schlafen beobachtete.

Wenigstens war Felix nach einem kurzen Nickerchen wieder erwacht und leistete Sandra beim Kindangucken Gesellschaft.

»Ich habe die letzte Nacht kein Auge zugetan. Immer wenn ich ihn hinlegen wollte, hat er geschrien. Und jetzt liegt er da und schläft wie ein Engel.«

Felix nickte zustimmend. »Eltern sein ist schwer«, kommentierte er flüsternd, damit Benny nicht aufwachte.

»Wie schaffen andere Eltern das?«, überlegte Sandra im gleichen Flüsterton.

Felix zuckte mit den Schultern. »Ich weiß nicht«, gab er ehrlich zu und hatte wider Erwarten keinen klugen Macho-Spruch auf Lager. Er verkniff sich auch die Bemerkung, dass sie selbst ja gar keine Eltern waren, denn er fühlte sich in diesem Augenblick wie ein waschechter Vater. Zumindest, was das Schlafdefizit betraf.

»Ich auch nicht«, stöhnte Sandra und drehte sich um, als sie in diesem Augenblick Patrizia ins Zimmer kommen hörte.

»Braucht ihr Nachhilfeunterricht?«, fragte sie grinsend und zog den Gürtel ihres Morgenmantels enger.

»Psst!«, erhielt sie die zweistimmige Antwort. Und Sandra fügte erklärend hinzu: »Er schläft. Wieso Nachhilfe? Worin?«

»Im Eltern-Sein«, erklärte Patrizia geduldig. »Wir haben Bennys Mutter gefunden.«

»Und?« Sandra konnte sich über diese Nachricht nicht freuen. Welche Information hielt Patrizia zurück? Sie dachte an ihr Gespräch vom vergangenen Abend und an die Leichen, die erst nach einigen Monaten gefunden wurden ...

»Sie lebt«, gab Patrizia die erlösende Antwort. »Sie haben mich eben angerufen und ihr könnt sie heute früh besuchen. Im Frauenknast.«

Die Aussicht darauf, endlich Licht ins Dunkel zu bringen und Mutter und Kind wieder zusammenzuführen, gab Sandra und Felix neue Kraft. Eine belebende Dusche tat das Übrige und sobald die Justizvollzugsanstalt ihre Tore öffnete (zumindest die in die eine Richtung), standen Sandra und Felix geschniegelt und gestriegelt vor dem Besuchereingang und lächelten so freundlich und Vertrauen erweckend wie es ihnen mit ihren Augenringen möglich war, in die Videoüberwachungskamera.

Doch ihr Enthusiasmus bekam einen gehörigen Dämpfer verpasst, als Karin Armbrüster schließlich das Besucherzimmer betrat. Mit vor der Brust verschränkten Armen und versteinertem Gesicht blieb sie vor dem Autositz, in dem der schlafende Benny lag, stehen.

Sandra betrachtete die hübsche aber unglücklich und überfordert aussehende junge Frau. Es entging ihr nicht, dass Frau Armbrüster durchaus Gefühle beim Anblick ihres Sohnes hatte, die sie zu unterdrücken versuchte. Kämpfte sie nicht sogar mit den Tränen?

»Wir haben Ihnen Ihren Sohn mitgebracht«, eröffnete Sandra das Gespräch.

»Ich will ihn nicht«, entgegnete die junge Frau jedoch nur brüsk.

Sandra konnte ihre Fassungslosigkeit nicht verbergen. »Aber das ist Ihr Kind!«, rief sie aufgebracht. »Was sind Sie eigentlich für eine Mutter! Sie können Ihr Kind doch nicht einfach weggeben wie ... wie ...« Ihr fehlten die Worte.

Karin Armbrüster starrte vor sich auf den Tisch und schwieg.

»Frau Armbrüster«, sagte Felix. »Schauen Sie ihn sich doch wenigstens an!«

Karin Armbrüster warf einen kurzen Blick auf Benny und sah dann eilig wieder weg.

Felix versuchte es auf einem anderen Weg: »Wissen Sie, wo Harry Schultes ist?«

Frau Armbrüster schüttelte den Kopf. »Nein, ich dachte, Sie wüssten es. Ich habe ihn doch nur einmal gesehen und ...« Sie bemerkte Sandras und Felix' Blick. »... Ja, genau. Volltreffer«, sagte sie. »Und Sie wissen wirklich nicht, wo er ist? Sie sind doch seine Anwältin«, wandte sie sich an Sandra und in ihrer Stimme schwang ein gewisser Vorwurf mit.

»Ja, ich bin seine Anwältin«, antwortete Sandra. »Aber ich habe ihn auch nur einmal gesehen.« Sie konnte sich den Zusatz nicht verkneifen: »Genau wie Sie.«

»Weiß er eigentlich von seinem Sohn?« Felix versuchte das Gespräch wieder auf fruchtbaren Boden zurückzuführen.

Karin Armbrüsters ohnehin schon regungslos erscheinendes Gesicht wurde noch steifer. »Wenn Sie es ihm nicht gesagt haben ...« Felix und Sandra schüttelten synchron den Kopf, als hätten sie diesen Einsatz vorher geübt. »Ich kenn Harry doch gar nicht«, fuhr die junge Frau fort und ihre Stimme wurde immer verzweifelter. »Als ich es ihm endlich sagen wollte, war er schon weg.« Sandra und Felix schwiegen und Frau Armbrüster fuhr fort, ihr Herz auszuschütten: »So ein Typ vom Jugendamt ist hinter Benny her.

Er will ihn ins Heim stecken. Weil ich asozial bin oder so ein Scheiß.«

Sandra schluckte. Herr Krämer war also schon vorher auf der Jagd nach Benny gewesen. Allmählich konnte sie Frau Armbrüsters Beweggründe, Benny wegzugeben, nachvollziehen. Ihr wäre es auch lieber, wenn sich der kriminelle Vater um ihr Kind kümmern würde, als wenn es im Heim unter Herrn Krämers Vormundschaft dahinvegetieren müsste.

»Weswegen sind Sie eigentlich hier?« Das Stichwort »asozial« legte Felix' Frage nahe. War Karin Armbrüster asozial und nicht in der Lage, für ihr eigenes Kind zu sorgen? »Ladendiebstahl«, antwortete die junge Frau knapp. Felix und Sandra sahen sich verständnislos an. »Ich habe einen Winteranzug für Benny geklaut. Was sollte ich denn sonst tun? Nachdem sie mir die Heizung abgestellt hatten, war es in der Wohnung zu kalt für Benny.« Sie schüttelte den Kopf. »Die haben mich zu 250 Euro Strafe oder zwanzig Tagen Gefängnis verurteilt.«

»Und warum haben Sie die Strafe nicht einfach bezahlt?«, fragte Sandra verständnislos.

Karin Armbrüster lachte bitter. »Wovon denn? Wenn ich das Geld gehabt hätte, dann hätte ich ja nichts klauen müssen, oder?«

Sandra schlug sich in Gedanken an den Kopf. So weit hätte sie auch selbst denken können. Schließlich hatte sie den Berg mit unbezahlten Rechnungen und Mahnungen in Karin Armbrüsters Wohnung mit eigenen Augen gesehen.

Die junge Mutter kämpfte jetzt tatsächlich mit den Tränen. »Mein Chef hat mir gekündigt, weil ich Benny immer zur Arbeit mitgebracht habe. Dabei hat er die meiste Zeit geschlafen. Zum Schluss musste ich sogar die Windeln für Benny klauen!«

Sandra spürte Wut in sich aufsteigen. In was für einer

Gesellschaft lebten sie eigentlich, in der Frauen auf so grausame Weise dafür bestraft wurden, dass sie Kinder bekamen? Als hätte Benny ein Stichwort empfangen, schlug er in diesem Augenblick die Augen auf und sah Karin Armbrüster an. »Mama! Mama!«, erkannte er sie und streckte seine kleinen Ärmchen nach der jungen Frau aus.

Sandra bemerkte, wie Karin Armbrüster erstarrte. »Es tut mir Leid, ich kann nicht mehr!«, sagte sie atemlos, stand auf und rannte ohne ein weiteres Wort zur Tür. Der Wärter schloss auf und führte sie hinaus.

»Mama! Mama!«, weinte Benny weiter und streckte seine Arme hilflos in den leeren Raum.

7
Ein Fall von unbilliger Härte

Sandra versuchte den Kloß in ihrem Hals mit einem Schluck Kaffee hinunterzuspülen. Es ging nicht. Sie versuchte, sich in Karin Armbrüsters Situation hineinzufühlen. Keine Arbeit, kein Geld, ein Riesenberg Schulden, ein zahnendes Baby und keinerlei Hoffnung auf eine Besserung der Situation. Und zu all dem Unglück so einen Aktenordnerhinundherschieber wie diesen Herrn Krämer am Hals. Kein Wunder, dass die junge Frau so verzweifelt war. Sie warf einen Blick zu Felix, der genauso trübsinnig wie sie in seine Kaffeetasse starrte. Benny hatte sich inzwischen in den Schlaf geweint und lag in seiner Babyschale vor dem Stehtisch im Stammcafé der beiden Anwälte.

»Ich werde die 250 Euro bei der Justizkasse einzahlen«, sagte Sandra schließlich. »Dann kann sie heute noch raus.«

Felix schüttelte den Kopf. »Ich glaube, sie will drinbleiben. Kann ich sogar fast verstehen.«

»Unsinn«, widersprach Sandra. »Die will den Kleinen nicht loswerden. Was fehlt, ist ein Funken Hoffnung.«

Felix sah Sandra an. »Das Einzige, was der Frau fehlt, ist Geld für die Schulden und den Unterhalt. Harry Schultes ist weg. Was ist mit seinem Vermögen? Ich meine das echte Geld, nicht das gefälschte.«

»Hat der Staatsanwalt eingesackt.«

»Mist«, fluchte Felix. »Dann kommen wir da nicht dran.«

»Nein«, stimmte Sandra zu und betrachtete gedankenverloren Benny. »Oder ...« Sie griff nach ihrer Handtasche. »Ich muss ins Büro!«

»Moment«, sagte Felix und hielt Sandra am Arm fest.

»Was ist denn noch?«

Felix deutete auf Benny. »Ihre Schicht ist noch nicht zu Ende.«

Sandra grinste süffisant. »Felix«, sagte sie – und weiter nichts.

Felix blickte seiner Partnerin hinterher und seufzte. Hoffentlich konnte er Biene noch einmal überreden, sich um Benny zu kümmern. Er warf einen Blick auf seine Armbanduhr. In einer Stunde wurde die Verhandlung in Sachen Beate Rademacher fortgesetzt. *Ohne Kinder,* hallte die Stimme von Richterin Kreutzer in Felix Edels Kopf wider. Felix seufzte noch einmal und trank seinen Kaffee aus.

»Felix!« Felix' alter Bekannter und Kollege Frank Vanderheiden hielt Felix am Ärmel fest, als dieser gerade – ohne Kind – den Gerichtssaal betreten wollte. Es war drei Minuten vor elf. »Hast du mal eine Minute?«

»Mach schnell«, antwortete Felix und deutete mit dem Kopf auf seine Mandantin, die ihn bereits sehnsüchtig zu erwarten schien.

»Können wir anschließend gleich weiterverhandeln? Mein Mandant möchte die Sache zügig über die Bühne bringen.«

Weiterverhandeln? Mandant? Bühne? Felix verstand gar nichts. Und Frank Vanderheiden schien das zu merken.

»Vorausgesetzt natürlich, dass du hier gewinnst.«

»Wovon sprichst du?«, fragte Felix.

Vanderheiden, der Felix immer etwas an einen biederen Engländer erinnerte, stutzte. »Hast du kein Mandat für die Vertragsverhandlungen?«

»Ich weiß nicht, was du von mir willst ...« Felix hatte das Gefühl, Fragezeichen über Fragezeichen auf der Stirn zu haben. Er wollte bereits weitergehen, doch sein Kollege hielt ihn weiterhin am Ärmel fest.

»Du weißt nicht, worum es hier geht?«, fragte er erstaunt. Felix zog es vor, nicht zu antworten. Es ging um Beate Rademachers Wunsch, die Veröffentlichung von Nacktfotos zum Schutz ihrer Privatsphäre zu verhindern. Oder etwa nicht? Vanderheiden zog ihn vertrauensvoll zu sich heran. »Mein Mandant, der ein hochglänzendes Herrenmagazin herausgibt, will eine achtseitige Fotostrecke drucken, die deine Mandantin, die allseits geschätzte Beate Rademacher, zur Gänze unbekleidet und in verschiedenen anregenden Positionen zeigt. Gegen ein äußerst lukratives Honorar.«

»Du nimmst mich auf den Arm!« Felix lief es abwechselnd heiß und kalt den Rücken herab.

»Keineswegs«, beteuerte Vanderheiden. »Einzige Bedingung meines Mandanten ist, dass vorher keine anderen Nacktfotos veröffentlich werden. Man will schließlich der Erste sein. Verstehst du?«

O ja, Felix verstand. Er verstand, dass Beate Rademacher ihn über den Tisch gezogen hatte, dass sie ihn eiskalt abgezogen hatte, dass sie ihm etwas vorgemacht hatte, dass sie ...

»Felix?« Die Stimme Frank Vanderheidens drang wie aus weiter Ferne an sein Ohr.

Felix straffte seine Schultern und ging mit vor Anstrengung zusammengebissenen Lippen auf seinen Platz zu.

»Herr Edel«, sagte Richterin Kreutzer mit leiser Ironie in der Stimme. »Können wir?«

Felix nickte und setzte sich neben Beate Rademacher. Er räusperte sich und flüsterte ihr ins Ohr: »Hast du eigentlich schon einen Vater für deine zukünftigen Kinder?«

Beate schmiegte sich leicht an ihn und drückte ihren Oberschenkel gegen seinen. »Vielleicht«, hauchte sie und sah ihn dabei verführerisch an. »Frag mich nachher noch mal.«

»Ich stelle fest, anwesend sind ...«, begann Frau Kreutzer

mit der Verhandlung und geriet ins Stocken, als sich Felix in diesem Augenblick wieder erhob.

»Hohes Gericht«, sagte er laut und deutlich, »ich lege mein Mandat mit sofortiger Wirkung nieder.«

Ein Raunen ging durch den Saal und Richterin Kreutzer zog die Augenbrauen hoch. »Das steht Ihnen frei«, sagte sie schließlich.

Beate Rademacher wurde blass um die Nase. Ihre Stimme, die zuvor noch so verheißungsvoll geklungen hatte, hatte nun einen harten, häßlichen Ton: »Das kannst du nicht machen«, zischte sie ihm zu.

Felix wandte sich zu ihr um und sah auf sie herab. »Nein?«, fragte er. »Na, dann schau mal gut zu.« Er griff nach seiner Aktentasche und verließ mit wehender Robe den Gerichtssaal.

»Richter Moosleitner?« Sandra öffnete die Tür zum Richterzimmer einen Spaltbreit und lugte hinein.

Richter Moosleitner, ein gemütlich wirkender Mann, der den Fall Harry Schultes verhandelte, stand vor seinem Aktenregal und sortierte seine Sammlung alter Bierkrüge. Diese waren nicht der einzige Hinweis darauf, aus welcher Region der Bundesrepublik der Richter stammte. Auch seine Statur und der Dialekt wiesen eindeutig auf die südlichste Gegend Deutschlands hin: Bayern.

Herr Moosleitner blickte nur einen kurzen Moment von dem reich verzierten Krug auf und wendete das Staubtuch in seiner Hand. »Treten Sie ein, Frau Starck«, forderte er Sandra auf und fuhr unbeirrt mit dem Staubwischen fort. Ehe Sandra Gelegenheit hatte, den Grund ihres Erscheinens zu erklären, legte der Richter los: »Ich nehme an, Sie wollen mir mitteilen, dass Ihr Mandant Harry Schultes sich der deutschen Justiz stellen will. Fein. Aber damit eins klar ist: Ich lasse mich auf keinerlei Deal ein. Habe ich mich deutlich ausgedrückt?«

Sandra nickte. »Klar und eindeutig«, bestätigte sie.

Moosleitner stellte den entstaubten Krug zurück ins Regal und griff sich einen anderen. »Guten Tag«, verabschiedete er Sandra.

Sandra schwieg und setzte sich ungebeten auf den Besucherstuhl vor dem Schreibtisch des Richters.

Moosleitner stutzte. »Ist noch was?«

»Mein Mandant will sich nicht stellen«, erklärte Sandra. »Ich habe leider überhaupt keine Ahnung, wo er sich befindet.«

»Und warum stehlen Sie dann meine Zeit?«, wollte der Richter wissen.

Sandra nahm davon Abstand, den Mann darauf hinzuweisen, dass er nicht gerade den Eindruck völliger Überarbeitung machte, solange er sich während der Arbeitszeit noch seiner Bierkrugsammlung widmen konnte. »Das gesamte Vermögen des Herrn Schultes wurde auf Antrag des Staatsanwaltes sichergestellt.«

Moosleitner nickte zur Bestätigung und rasselte herunter: »Paragraph 73, Absatz eins, Strafgesetzbuch in Verbindung mit Paragraph 111 Strafprozessordnung. Verfall zu Gunsten des Staates. Wollen Sie vortragen, das Geld stamme nicht aus krimineller Handlung? Dann lassen Sie mich gleich ...«

Sandra unterbrach den Monolog des grantelnden Richters mit einem Lächeln. Moosleitner wirkte zwar unnachgiebig und streng und hatte zudem den Ruf, ein alter Griesgram zu sein, aber die Anwältin hoffte auf ihre Menschenkenntnis, die ihr sagte, dass Moosleitner ein Mann mit Herz war. »Das habe ich verstanden, Richter Moosleitner«, begann sie. »Es geht aber um etwas anderes. Harry Schultes ist zwischenzeitlich Vater geworden ...«

»Übermitteln Sie ihm meine Glückwünsche«, erwiderte der Richter trocken.

»Sehr gern«, antwortete Sandra mit einem Grinsen und versuchte weiterhin, ihr eigentliches Anliegen vorzubringen: »Angesichts seiner Lage ist er nicht im Stande, seinen Unterhaltsverpflichtungen nachzukommen. Sehr zum Nachteil seines Sohnes Benjamin und dessen Mutter Karin Armbrüster.«

Moosleitner legte das Staubtuch zur Seite und setzte sich Sandra gegenüber auf seinen Stuhl. »Fahren Sie fort«, forderte er sie auf und schien nun endlich interessiert.

Sandra witterte ihre Chance. »Um es kurz zu machen: Die Frau hat ihren Job verloren, weil sie sich um das Baby gekümmert hat. Sie hat die Wohnung verloren, weil sie keine Miete zahlen konnte. Sie hat einen Winteranzug für ihr Kind gestohlen, weil die Heizung abgestellt war. Sie wurde zu zwanzig Tagessätzen verurteilt und sitzt ein, weil sie die Strafe nicht zahlen konnte. Die Frau ist am Ende!«

»Das ist zu bedauern«, bestätigte Richter Moosleitner.

»Sie will ihr Kind, Harry Schultes' Sohn, in die Hände des Staates geben.«

»Also Heimunterbringung«, stellte Moosleitner fest.

Sandra nickte und hoffte darauf, dass der Richter von selbst darauf kam, was das den Staat kostete.

»Tragisch«, zeigte Moosleitner seine Anteilnahme. »Aber was wollen Sie von mir?«

Sandra atmete tief durch und referierte, was sie sich kurz zuvor im Büro aus den Büchern herausgesucht hatte: »Nach Paragraph 73 c Strafgesetzbuch wird der Verfall des Vermögens nicht angeordnet, wenn er für den Betroffenen eine unbillige Härte bedeutet.«

»Und?« Herr Moosleitner sah Sandra fragend an. Er hatte augenscheinlich noch nicht begriffen, worauf die Rechtsanwältin hinauswollte. Sandra musste deutlicher werden.

»Eine verzweifelte Mutter und ein Kind, das ins Heim soll ... Ist das nicht hart genug?«

Moosleitner lehnte sich in seinem Stuhl zurück und faltete die Hände wie zum Gebet. »Sie wollen also, dass ich diese Härteklausel zu Gunsten von Herrn Schultes und seinen Vaterpflichten anwende?«

»Sehen Sie«, Sandra geriet in Fahrt, »den Strafverfolgungsanspruch des Staates in allen Ehren, aber hier geht es um das Schicksal ...«

»Ich habe das schon verstanden, Frau Starck«, unterbrach der Richter und lächelte.

Sandra schwieg und sah Herrn Moosleitner erwartungsvoll an. Würde er sich auf ihre Argumentation einlassen?

»Die Mutter soll mit einem Unterhaltstitel hier vorbeikommen. Dann werde ich das Geld freigeben.« Er griff nach seinem Staubtuch. »Guten Tag.«

Sandra beherrschte sich, um nicht vor Freude über ihre gelungene Verhandlung aufzuspringen und zum Zimmer hinauszuhüpfen. Doch nachdem sie sich verabschiedet und die Tür hinter sich geschlossen hatte, ballte sie die rechte Hand zur Faust und stieß sie als Zeichen ihres Sieges in die Luft. Sie hatte es geschafft!

Felix fühlte sich von Sandras Euphorie regelrecht belästigt. Musste seine Geschäftspartnerin ausgerechnet an einem Tag, an dem er selbst einen Fall mehr oder weniger verloren hatte, so penetrant beweisen, wozu sie fähig war? Doch in Bennys Interesse schaffte er es, ihr aufrichtig zu gratulieren: »Glückwunsch! Das hat vor Ihnen noch niemand geschafft.«

»Jetzt müssen wir nur noch den Unterhaltstitel besorgen«, sagte Sandra stolz und zufrieden mit sich selbst.

»Darum kümmere ich mich«, versprach Felix.

Sandra strahlte. »Wir sind ein Klasse-Team, nicht wahr, Benny?« Sie streckte die Arme aus, damit Felix ihr den Jungen übergeben konnte.

Doch Felix drückte Benny an sich. »Nein, ich will ihn noch ein bisschen knuddeln.«

Sandra wollte soeben protestieren, als Biene die Tür zu Felix' Büro öffnete. Ihr Gesicht verhieß nichts Gutes. »Sandra? Dieser Krämer vom Jugendamt steht draußen. Er lässt sich nicht abwimmeln.«

»Oh«, machte Sandra und ihre gute Laune verflog augenblicklich. Das fehlte jetzt noch, dass Benny diesem Krämer zu guter Letzt doch in die Hände fiel! Sie sah Felix Hilfe suchend an. Und der nickte ihr beruhigend zu. »Ich komme«, wandte Sandra sich erleichtert an Biene und zupfte ihr Jackett gerade.

Krämer stand mit missmutigem Gesichtsausdruck im Foyer der Kanzlei, als Sandra ihn begrüßte. »Herr Krämer«, sprach sie ihn an, als könnte sie die Freude, ihn zu sehen, einfach nicht verhehlen. »Sie waren gestern bereits hier, habe ich gehört?« Sie schob ihn mit sanfter Gewalt in ihr Büro und verfolgte aus dem Augenwinkel, wie sich Felix mit Benny auf dem Arm hinter Krämers Rücken aus der Kanzlei schlich. Mit einem entspannten Lächeln im Gesicht schloss sie die Tür zu ihrem Büro. »Was kann ich für Sie tun?«

Krämer hielt sich nicht lange mit irgendwelchen Höflichkeitsfloskeln auf. »Wessen Kind hatten Sie bei sich, als Sie vorgestern bei mir im Amt waren?«

»Sie meinen?« Sandra spielte gekonnt die personifizierte Unschuld.

»Das Kind, das Sie als Ihres ausgegeben haben!«

Sandra sah Herrn Krämer an, als hätte ihr Gegenüber nicht mehr alle Tassen im Schrank. »Ich war seit Wochen nicht mehr im Jugendamt.«

Krämer war zum ersten Mal, seit Sandra ihn kannte, sprachlos.

»Das müssen Sie geträumt haben«, setzte sie hinterher. Sie warf einen geschäftigen Blick auf ihre Armbanduhr. »Kann ich Ihnen sonst noch irgendwie behilflich sein?« Sie griff nach einigen Akten, die auf ihrem Schreibtisch lagen. Und als Krämer weiterhin schwieg, fuhr sie fort: »Ich habe nämlich jetzt einen wichtigen Termin bei Gericht.«

Krämers Teint glich dem eines Hummers, den man soeben ins kochende Wasser geworfen hat. Ohne ein Wort der Verabschiedung drehte er sich um und verließ wutschnaubend Sandras Büro.

Erschöpft ließ sich Sandra auf ihren Schreibtischstuhl fallen.

8
Das Leben geht weiter

Eigentlich hätte Sandra nun rundherum zufrieden sein müssen: Mutter und Kind waren glücklich vereint und Benny wollte seine Mama, die endlich wieder lächelte, augenscheinlich gar nicht mehr loslassen, seit sie wieder bei ihm war. Doch irgendetwas bohrte tief in ihrem Inneren und sie musste sich eingestehen, dass ihr der bevorstehende Abschied von Benny schwer fiel.

»Ich werde ihn vermissen«, gestand sie und fragte sich im Stillen, warum Felix alles so schnell in die Wege geleitet hatte, während sie sich mit diesem Krämer beschäftigen musste. Sie hatte kaum Zeit gehabt durchzuatmen, als Felix und Benny bereits zurück im Büro waren und sie gedrängt hatten, mit ihnen gemeinsam die junge Mutter aus der Vollzugsanstalt abzuholen und zu Richter Moosleitner zu begleiten.

Anschließend hatten die beiden Anwälte Frau Armbrüster zu ihrer Wohnung gefahren und hier standen sie nun, bereit sich zu verabschieden, nachdem sie nichts weiter für die junge Frau tun konnten.

»Sie können immer vorbeikommen«, antwortete Karin Armbrüster lachend. »Ich bin für jeden Babysitter dankbar.«

Sandra und Felix sahen einander in seltener Eintracht an. »Danke«, entgegnete Sandra, »aber unser Bedarf an Kindern ist für die nächste Zeit gestillt.«

Frau Armbrüster grinste. »Ich weiß, was Sie meinen«, sagte sie und drückte Benny fester an sich.

Felix räusperte sich. »Wir sollten jetzt gehen. Ich mag keine Abschiedsszenen.« Er versuchte seine Kollegin am

Arm aus der Wohnung zu ziehen, doch Sandra machte sich von ihm los.

»Ich schon«, widersprach sie ihm und ging auf Benny zu. »Tschüss, mein Traummann«, sagte sie und gab ihm einen Kuss auf die Wange.

Benny quittierte die Zuwendung mit einem vergnügten Quietschen.

Widerstrebend folgte Sandra Felix, der bereits die Haustür für sie aufhielt. Kaum hatten die beiden die Straße betreten, blieb Sandra abrupt stehen. »Moment!«, sagte sie und wühlte hektisch in ihrer Handtasche. »Ich hab was vergessen!« Sie hielt Bennys Teddy hoch, aber Felix schnappte ihn ihr sofort weg.

»Geben Sie her«, sagte er. »Das ist ein wunderbares Souvenir.«

»O nein«, schimpfte Sandra und entriss ihm das Plüschtier wieder. »Wenn überhaupt, dann bekomme ich ihn.«

Felix versuchte ihr den kleinen Bären erneut zu entreißen, doch Sandra schlug ihm auf die Finger. »Hände weg«, sagte sie. »Das ist mein Teddy!«

Und zum ersten Mal seit Tagen hatte alles wieder seine Ordnung – die beiden stritten miteinander wie eh und je.

»Und was machen wir nun?«, wollte Felix wissen.

Vor Sandras innerem Auge erschien ein ungeordneter Stapel Akten auf ihrem Schreibtisch. »Ich habe im Büro zu tun«, antwortete sie und steckte den Teddy zurück in ihre Handtasche, damit Felix nicht noch einmal auf die Idee kam, ihn ihr zu wegzunehmen. »Und Sie?«

Felix stöhnte. »Ich muss einige Erledigungen machen«, sagte er ausweichend. Ihm stand der Sinn nach ein wenig Ablenkung und Ruhe.

»Dann sehen wir uns später im Büro?«, schlug Sandra vor und als Felix stumm nickte, winkte sie ihm zum Abschied kurz zu, bevor sie ihren Autoschlüssel aus der Tasche zog und den Wagen aufschloss, den sie wenige Meter vor Karin Armbrüsters Haus geparkt hatte.

Felix wartete, bis Sandra mit quietschenden Reifen um die nächste Ecke verschwunden war und schüttelte wie so oft den Kopf über den Fahrstil seiner Kollegin. Er konnte sich ausmalen, welche Kommentare er sich anhören müsste, wenn er so fahren würde: »Die Potenz des Mannes verhält sich umgekehrt proportional zu der PS-Anzahl unter der Motorhaube«, war da noch einer der harmloseren. Er erinnerte sich daran, wie er das erste Mal auf dem Beifahrersitz in Sandras Mazda Cabrio gesessen hatte und ihren Theorien über das Autofahren zuhören musste, während seine Hände krampfhaft nach Halt suchten. »Das größte Problem liegt darin«, hatte Sandra ihm damals mit nur einer Hand am Steuer erklärt, »dass alle immer nach hinten gucken«, während sie mit mindestens dreißig Kilometern pro Stunde zu schnell die Spuren wechselte, als gäbe es keine Fahrbahnmarkierungen, und dabei alle anderen Verkehrsteilnehmer schnitt.

Nein, was er jetzt brauchte, war eine Stunde Pause von Frauen, Kindern und Arbeit, um seine Niederlage auf ganzer Linie im Fall Beate Rademacher bei einem kühlen Bier zu verdauen.

Sandra setzte sich auf ihren Schreibtischstuhl und stützte den Kopf auf die Hände. Diese Unordnung war kaum mehr zu ertragen. Sie hatte in der letzten Zeit einfach zu viel schleifen lassen. Kein Wunder, dachte sie, als allein erziehende Ersatzmutter und voll berufstätige Rechtsanwältin. Aber jetzt hatte sie endlich die Zeit und die Muße, alles aufzuräumen, nachdem sie Biene gebeten hatte, sie nach Möglichkeit nicht zu stören.

Aber womit sollte sie anfangen? Vielleicht mit einem Kaffee? Ja, das war eine gute Idee. Zuerst einmal würde sie sich eine Tasse Kaffee mit Biene genehmigen. Sie stand auf und ging auf die Zimmertür ihres Büros zu, als sie aus dem Flur eine Stimme vernahm, die ihr nur allzu bekannt vorkam.

»Starck.«

»Ja, das habe ich begriffen«, hörte sie Biene antworten. »Aber ich brauche *Ihren* Namen, dann kann ich Frau Starck fragen, ob sie Zeit für Sie hat.«

»Starck«, ertönte wieder die Stimme, die Sandra so vertraut war, »Regina Starck. Ich bin die Mutter.«

»Oh«, machte Biene erstaunt, »freut mich.«

Sandra stöhnte. Sie wusste, auch ohne es zu sehen, dass Biene nun nach dem Telefonhörer griff, um sie anzurufen. Mit einem energischen Griff öffnete sie die Tür und sah sich ihrer Mutter gegenüber.

»Mutti!«, tat sie überrascht, zerrte die Besucherin mit der etwas bieder wirkenden Hochsteckfrisur in ihr Büro und schloss eilig die Tür, nachdem sie sich mit einem Blick vergewissert hatte, dass Felix noch nicht wieder zurückgekehrt war. Sie wusste nicht genau warum, aber der Gedanke, Felix könnte ihrer Mutter begegnen, war ihr unangenehm. So wie es ihr schon als Jugendliche unangenehm gewesen war, wenn einer ihrer Freunde und Bekannten zu Besuch kam und ihre Mutter traf.

Frau Starck schien Sandras Benehmen nicht weiter aufzufallen und Biene, die mit offenem Mund hinter dem Schreibtisch saß und immer noch den Telefonhörer in der Hand hielt, hatte keine Zeit sich weiter zu wundern, da in diesem Augenblick die Tür aufging und ein schlecht gelaunter Felix Edel die Anwaltskanzlei betrat.

»Hallo, Biene«, begrüßte er sie. »Sag mal ...«, wollte er dann fortfahren, doch Biene unterbrach ihn.

»Sandra hat eine Mutter«, eröffnete sie ihm.

Felix musterte seine Sekretärin. »Das haben viele Leute, Biene. Fast würde ich sagen: alle.«

»Ja«, antwortete Biene, »aber Sandras ist jetzt bei ihr im Büro.«

»Oh!«, machte Felix und sah neugierig auf die geschlossene Bürotür. Er überlegte nicht lange, sondern schlich zur Tür hinüber und beugte sich hinunter, bis er durchs Schlüsselloch spinksen konnte.

»Dein altes Büro war aber schicker«, hörte er die Dame, die so um die sechzig war, gerade sagen. Sie trug eine geblümte Bluse und sah sich aufmerksam in dem Raum um.

»Mutti«, entgegnete Sandra mit einem leicht gequälten Tonfall. »Da wollte ich nicht mehr arbeiten.«

Sandras Mutter breitete hilflos die Arme auseinander. »Gut siehst du aus«, wechselte sie dann das Thema.

»Du auch«, gab Sandra das Kompliment zurück.

Felix runzelte die Stirn. Warum gingen die beiden Frauen so förmlich miteinander um?

»Musst du immer dieses Schwarz tragen?«, fragte Regina Starck ihre Tochter. »Das macht dich ganz elend. Zieh doch mal was Flottes an!«

Felix unterdrückte ein Grinsen.

»Das ist flott«, widersprach Sandra. »Das ist Armani!«

Uiuiui, dachte Felix. Armani! »Den haben sie doch umgebracht, oder nicht?«

Sandra seufzte. »Das war Versace«, korrigierte sie.

Felix staunte über Sandras Kenntnisse der Modebranche.

»Sag mal«, fragte Sandras Mutter nun auffallend beiläufig. »Ist dieser Herr Edel auch da? Ich würde ihn gerne mal kennen lernen.«

»Der ist zu einem Termin, glaube ich«, antwortete Sandra und wurde bei dieser Lüge nicht einmal rot, wie Felix eindeutig sehen konnte.

»Felix!«, zischte Biene in diesem Moment vorwurfsvoll hinter seinem Rücken.

Er bedeutete Biene mit einer energischen Handbewegung

still zu sein. Trotzdem bekam er Sandras nächsten Satz nicht mit und ärgerte sich maßlos.

»... nicht verheiratet«, war alles, was er aufschnappen konnte.

»Ich habe eine Bitte an dich«, fuhr Sandras Mutter fort. »Kannst du dich an Alfred Münchberg erinnern?«

Sandra nickte. »Dein alter Chef.«

»Ich habe ihn letztens auf der Straße getroffen. Er sieht immer noch blendend aus. Wir haben uns ja ein bisschen aus den Augen verloren. Ja, und er hat so erzählt ...«

»Ja?«, fragte Sandra und die Ungeduld in ihrer Stimme war nicht zu überhören. Nicht einmal für Felix, der allmählich durch die ungewohnte Haltung Rückenschmerzen bekam. Das hier war noch anstrengender, als sich über einen Kinderwagen zu beugen.

»Er braucht jemand, der ihm ein Testament aufsetzt. Und der ist ja reich, der Mann, da bleibt auch für dich was hängen, wenn du das machst. Und so dicke hast du es doch auch nicht, oder? Brauchst nicht danke zu sagen, aber blamier mich nicht.«

Fürs nächste dunkelfarbene Armani-Kostüm, dachte Felix und freute sich, dass Sandra ganz offensichtlich die gleichen Probleme mit ihrem Elternhaus hatte wie alle anderen, die er kannte. Oder warum kam ihre Mutter auf die Idee, ihre Tochter könnte sie blamieren? Hatte sie kein Zutrauen zu Sandras Fähigkeiten? Kinder blieben immer Kinder, egal wie alt sie waren und ob sie graue Haare, Falten oder einen Bierbauch hatten.

»Felix!« Bienes Stimme hinter seinem Rücken klang nun deutlich gereizt.

Felix gab auf und erhob sich wieder aus seiner gebückten Position.

»Hast du den Termin hier eingetragen? Familiengericht? Scheidungstermin Heinkes?«, wollte sie von ihm wissen.

Felix stellte sich neben seine Sekretärin und sah über ihre Schulter auf den Kalender, den sie vor sich ausgebreitet hatte. Dabei stützte er die Hände in den Rücken, um die Wirbel ein wenig zu dehnen. »Ich war so frei«, beantwortete er ihre Frage. »Es ist schließlich mein Kalender.«

»Aber über Heinkes habe ich gar keine Akte!«

»Ich springe für einen Kollegen ein«, erläuterte Felix. »Die Unterlagen sind in meinem Büro. Moment ...« Er holte die noch nicht allzu dicke Akte von seinem Schreibtisch und legte sie vor Biene auf den Tisch.

»Versorgungsausgleich?«, fragte Biene, nachdem sie einen Blick auf die erste Seite geworfen hatte.

Felix nickte. »Alles geregelt. Ich zeige Präsenz und du schreibst die Rechnung ... Ah!« Er wurde hellhörig. Hatte er da nicht gerade deutlich das Scharren eines Stuhlbeins auf dem Holzboden in Sandras Büro gehört? Als Sandra die Tür öffnete und mit einem Blick überprüfte, ob die Luft rein war, sah sie lediglich Biene an ihrem Schreibtisch sitzen.

»Ich habe Münchberg viel zu verdanken«, beeilte sich Sandras Mutter, ihr Anliegen zu Ende zu bringen, bevor ihre Tochter sie ganz aus der Kanzlei komplimentiert hatte. »Sein Sohn wollte eine jüngere Sekretärin. Wenn er sich nicht für mich stark gemacht hätte ...«

»Ich weiß«, sagte Sandra und fasste ihre Mutter am Arm.

»Also kümmerst du dich um ihn?«

»Das mache ich.«

»Sie müssen Sandras Mutter sein!«

Die Stimme ließ Sandra herumfahren. Mit einem breiten Grinsen kam Felix auf sie zu. Er hatte sich in der nicht einzusehenden Ecke des Empfangsraums hinter der Garderobe verborgen.

Sandras Mutter strahlte. »Und Sie müssen Herr Edel sein!«, sagte sie glücklich und musterte Felix von oben bis unten. Offenbar war sie mit dem, was sie sah, hoch zufrieden.

Sandra seufzte schicksalsergeben. »Darf ich vorstellen? Herr Edel ... meine Mutter.«

»Regina Starck«, sagte Frau Starck.

»Es freut mich, Sie kennen zu lernen«, entgegnete Felix höflich und reichte ihr die Hand. »Warum hat Sandra Sie mir bislang vorenthalten?«

Sandra zog die Stirn in Falten. Hatte sie da Spott in Felix' Stimme gehört? »Wir haben viel zu tun«, wandte sie sich an ihre Mutter und schob sie mit sanfter Gewalt zur Ausgangstür, während Biene ein Telefongespräch entgegennahm.

»Schon verstanden«, sagte Regina Starck. »Dann will ich nicht länger stören. Sei nett und höflich zu Münchberg, ja?«

Sandra wäre nach dieser Aufforderung am liebsten im Erdboden versunken und das Grinsen auf Felix' Gesicht machte ihr deutlich, dass dies im Augenblick tatsächlich ein sehr ansprechender Aufenthaltsort wäre. »Mütter!«, kommentierte sie daher nur, nachdem Regina Starck die Tür hinter sich geschlossen hatte.

»Ich richte es aus. Ja, natürlich. Tschüss!« Biene legte den Hörer auf. »Das Familiengericht will im Scheidungsfall Heinkes eine Sonderanhörung. Morgen«, wandte sie sich an Felix.

Felix verzog das Gesicht. »Hat die Kreutzer Langeweile?« Er dachte an den Fall Rademacher, den die Richterin ja ebenfalls verhandelt hatte und den er am liebsten längst vergessen hätte.

»Sie hat Zweifel, ob sie das Scheidungsurteil aussprechen kann«, erläuterte Biene.

»Was zweifelt die denn?« Felix ärgerte sich über die Richterin.

»Es steht ihr als Richterin frei«, bemerkte Sandra, »wann immer sie es für nötig hält ...«

Felix unterbrach sie.»... meine Zeit zu stehlen. Ein Mann will mit einer neuen Frau ein neues Leben beginnen. Was hat...«

Jetzt war es Sandra, die ihren Partner unterbrach. »Mit einer Frau, die zwanzig Jahre jünger ist?«

Felix zuckte gleichgültig mit den Schultern. »Vermutlich. Gönnen wir's ihm...«

»Genau.« Sandra fixierte Felix mit tödlichen Blicken. »Nachdem sie ihm jahrelang zugemutet hat, ihr beim Altwerden zuzusehen, hat sich der arme Kerl das sicher verdient.«

Felix sah abwechselnd von Sandra zu Biene und wieder zurück. Aus beiden Augenpaaren blitzte ihm blanke Mordlust entgegen. Ohne ein weiteres Wort zu verlieren, verschwand er in seinem Büro.

Sandra blickte ihm hinterher, dann ging sie auf Bienes Schreibtisch zu, nahm die Akte in die Hand und blätterte sie flüchtig durch. Mit geradem Rücken und hoch erhobenem Kopf folgte sie Felix.

»Haben Sie mal an die Frauen gedacht?«, eröffnete sie das Gefecht.

Felix starrte stur auf das Modell des legendären Mercedes 300SL Flügeltürer, das auf seinem Schreibtisch stand und das hin und wieder von einigen Klienten mit einem Aschenbecher verwechselt wurde. Sehr zu Felix' Verdruss. »Immer. Ich denke immer an die Frauen«, sagte er, ohne zu Sandra aufzublicken.

»Ich meine an die, die nach jahrelanger Ehe ausgemustert werden, weil ihr liebender Gatte Lust auf Frischfleisch hat.«

Felix gab auf. »Sandra«, er sah zu seiner Partnerin hoch, »ich habe die Akte noch nicht gelesen. Ich weiß nur, was mir der Kollege am Telefon über den Fall gesagt hat.«

»Und trotzdem solidarisieren Sie sich mit dem Kerl.«

Felix unternahm einen weiteren verzweifelten Versuch, dieser feministischen Diskussion zu entkommen: »Süß, Ihre Mutter übrigens.«

Sandra überhörte das Wort »süß«, das ihrer Meinung nach nun ganz und gar nicht zu ihrer Mutter passte, geflissentlich. »Wechseln Sie nicht das Thema!«, insistierte sie.

Felix seufzte. Versuch missglückt. »Ich wickle lediglich eine Scheidung ab, Sandra«, verteidigte er sich. »Ich werde nicht dafür bezahlt, dass ich den moralischen Zeigefinger hebe, weil sich mein Mandant in eine schöne Frau verliebt hat ...«

»Wobei schön gleich jung bedeutet«, antwortete Sandra und verschränkte die Arme vor der Brust.

»Sandra.« Felix lächelte. »Sie sind beides: Schön und jung. Wo ist für Sie das Problem!«

Sandra öffnete den Mund zu einer Antwort, dann besann sie sich eines Besseren und verließ ohne ein weiteres Wort sein Büro. Für heute hatte sie genug: Genug Arbeit, genug Felix Edel, genug Mutter, einfach von allem genug. Sie wollte nur noch eins: nach Hause.

Immer noch wütend über Felix' Sturheit und seine typische männliche Machoart knallte sie die Wohnungstür hinter sich zu und marschierte schnurstracks ins Wohnzimmer.

»Sandra!«, begrüßte Patrizia sie überrascht. Doch ihrer aufgebrachten Freundin entging das in Anbetracht der Uhrzeit ungewöhnliche Outfit der Staatsanwältin, die – nur mit einem Handtuch bekleidet – auf dem Sofa lag und an einem Champagnerglas nippte. »Du bist früh ...«

Sandra tippte sich an die Stirn. »Steht hier was?«

»Wie bitte?« Patrizia stellte das Glas auf dem kleinen Beistelltisch ab und zog sich das Handtuch enger um die Brust.

»Steht es uns auf die Stirn tätowiert? Das Verfallsdatum?«

Patrizia konnte dem Drang nicht widerstehen und befühlte ihre Stirn. Sie konnte aber nichts Ungewöhnliches feststellen.

Sandra drehte auf: »Männer fühlen sich um so unwiderstehlicher, je älter sie werden. Und halten es für das Normalste der Welt, ein Gesicht gegen einen knackigen Arsch zu tauschen, der zwanzig Jahre jünger ist als ihrer...« Sie griff nach dem zweiten Champagnerglas auf dem Couchtisch und nahm einen kräftigen Schluck, ohne auch nur einen Gedanken daran zu verschwenden, woher das Glas kam und für wen es bestimmt war.

»Soll ich noch ein Glas holen?« Die Stimme kam aus dem Badezimmer. Sie war eindeutig männlich und bewirkte, dass sich Sandra gewaltig verschluckte.

Hustend drehte sie sich um und erstarrte: Vor ihr stand ein Adonis und lächelte sie an. Sandra schätzte den Besitzer des bemerkenswert knackigen Hinterns, den dieser hemmungslos präsentierte, auf Mitte bis Ende zwanzig, was insofern erstaunlich war, als Patrizia genauso wie Sandra selbst die Dreißig bereits vor einigen Jahren überschritten hatte.

Patrizia griff belustigt nach ihrem Glas, das sie wenige Minuten zuvor auf dem Tisch neben der Couch abgestellt hatte, nippte genüsslich und sagte dann: »Du hast Recht, Sandra, irgendjemand sollte wirklich etwas gegen dieses Privileg der Männer unternehmen.«

9
Begegnung mit einer Außerirdischen

Auch Felix hatte für heute genug. Das einzige, was seine Laune jetzt noch heben konnte, war ein kühles Bier in netter und vor allem männlicher Gesellschaft. Zum Glück war es bis zu seiner Stammkneipe in der Urbanstraße nicht weit.

Er meinte bereits den Geschmack des frisch Gezapften auf der Zunge zu spüren, als er die Tür zum Lokal öffnete und kurz stehen blieb, um seinen Blick durch das Lokal schweifen zu lassen. War Christoph schon da? Plötzlich fühlte er die Blicke aller Anwesenden – hauptsächlich Männer – auf sich gerichtet. Er stutzte, dann lächelte er verlegen und endlich, nachdem ihm klar geworden war, dass diese bewundernden und begehrenden Blicke wohl doch kaum ihm gelten konnten, drehte er sich um.

Da stand sie: Die schönste Frau, die Felix je gesehen hatte. Mitte zwanzig, langes, blondes Haar, schlank, mit diesem absolut verführerischen Hilfe suchenden Blick aus strahlend blauen Augen, die sie schamvoll niederschlug, als Felix sie ansah. Der Anwalt konnte seine Augen nicht von diesem wunderbaren Wesen losreißen. Er studierte die hohen ausdrucksstarken Wangenknochen, die geschwungenen verheißungsvollen Lippen, die zarte Haut ...

»Wo bin ich hier?«, fragte das Wesen von einem anderen Stern.

»Wo Sie sind?« Felix glaubte zu träumen. Konnte das wahr sein? Sprach sie wirklich mit *ihm*?

»Welche Straße ist das?«

Felix schüttelte den Kopf, um wieder einigermaßen klar denken zu können. »Urbanstraße. Da runter geht es zum Kottbusser Tor und ...« Die Schönheit sah ihn immer noch verwirrt an. »Kreuzberg«, unternahm Felix einen zweiten Anlauf. »Berlin. Deutschland. Anfang des 21. Jahrhunderts.«

Und dann geschah das Unglaubliche: Die Fremde lächelte und Felix' Knie wurden weich. Sie schritt an ihm vorbei – auch ihr Gang war der eines Wesens vom anderen Stern – und nahm an einem der Tische Platz.

Felix sah ihr hinterher, dann steuerte er auf die Theke zu, an der Christoph bereits auf ihn wartete.

»Und?«, forderte sein Freund ihn auf. »Name? Telefonnummer?«

»Hä?«, machte Felix und wandte sich dann an Kurt, den Wirt. »Ein Bier«, bestellte er. »Keine Ahnung«, antwortete er anschließend Christoph.

»Ihr habt doch miteinander geredet?« So schnell gab sein Freund nicht auf. »Habt ihr Kochrezepte ausgetauscht? Oder ging es ums Essen, den Sex des Alters ...«

»Du kannst mir morgen von deinen Eheproblemen erzählen«, sagte Felix trocken, ließ Christoph allein an der Theke sitzen und ging auf den Tisch zu, an dem die Fremde Platz genommen hatte. »Wir sehen hier nicht jeden Tag Außerirdische.«

Die Frau sah ihn fragend an.

»Sie sehen aus wie vom Himmel gefallen«, präzisierte Felix.

»Wirklich?«

Diese Stimme machte Felix ganz nervös. Er konnte nur mit Mühe dem Drang widerstehen, dieses zerbrechliche und verloren wirkende Geschöpf in den Arm zu nehmen und vor der Welt zu beschützen.

»Ich bin ziellos durch die Straßen gelaufen. Stundenlang. Einfach so. Und zufällig hier gelandet ...«

»Ein Glück«, stellte Felix fest.

»Hauptsache weit weg«, sagte die Fremde und auch ihr Blick verlor sich in der Ferne.

»Weit weg von ... was?«

Die Schöne lächelte Felix an und schwieg.

»Warten Sie.« Felix wollte dem Geheimnis, das diese Frau umgab, auf die Spur kommen. »Ich hole Ihnen was zu trinken und dann erzählen Sie mir die Geschichte.« Er drehte sich um und stellte sich wieder neben Christoph an die Bar, jedoch ohne seinen Freund auch nur eines Blickes zu würdigen. »Zwei Prosecco«, wandte er sich an den Wirt. »Aber schnell!«

»Prosecco?« Christoph grinste. »Musst du sie betrunken machen?«

»Was brauchst du, wenn du mit einer schönen Frau reden willst? Espresso, um sie wach zu halten?« Er wartete Christophs Antwort nicht ab, sondern schnappte sich die beiden Gläser, die Kurt ihm vor die Nase gestellt hatte, und drehte sich erwartungsvoll um.

Doch der Platz, an dem die unbekannte Schöne eben noch gesessen hatte, war leer. Sie war genauso geheimnisvoll verschwunden, wie sie aufgetaucht war.

Felix schluckte seine Enttäuschung herunter und versuchte Christophs schadenfrohes Grinsen zu übersehen. Sein Blick fiel auf die beiden Proseccogläser, die er in den Händen hielt. Ohne hinzugucken, reichte er seinem Freund eins davon und leerte das andere in einem Zug. Hatte er sich nicht ohnehin vorgenommen, für den Rest des Tages einen Bogen um alle Frauen zu machen?

Als Felix' Wecker am nächsten Morgen um sieben Uhr klingelte, kam ihm das verdammt früh vor. Vielleicht hatte er gestern doch ein oder zwei Bierchen zu viel getrunken, um seinen Frust herunterzuspülen? Am liebsten hätte er sich jetzt noch einmal umgedreht, aber das ging nicht, da Richterin Kreutzer diese Sonderanhörung für heute morgen anberaumt hatte. Und bei der Gelegenheit würde er zudem seinen Mandanten, Herrn Heinkes, zum ersten Mal sehen. Da sollte er einen möglichst ausgeschlafenen Eindruck machen! Nachdem er ausgiebig geduscht und eine Tasse Espresso mehr als üblich in sich hineingeschüttet hatte, fühlte sich Felix im Stande, den Aufgaben des Tages entgegenzutreten.

Und das tat er dann auch, als er auf dem Gang vor dem Sitzungssaal einen Mann nervös auf und ab gehen sah, der mit seinen schätzungsweise fünfundvierzig Jahren genau im richigen Alter für eine Midlifecrisis war.

»Herr Heinkes?«, sprach er ihn an und als der Mann nickte, setzte er hinterher: »Edel, freut mich.« Felix streckte ihm die Hand hin.

Herr Heinkes machte einen überaus sympathischen Eindruck. Zwar konnte man ihn nicht wirklich attraktiv nennen – obwohl er eine sportliche Figur hatte –, doch er strahlte eine überzeugende Ruhe und Souveränität aus, die bei Frauen sicher gut ankam.

»Schön, dass Sie den Fall so kurzfristig übernommen haben«, sagte Herr Heinkes und ergriff die ihm dargebotene Rechte des Anwalts.

»Mein Kollege hat ja alles bestens vorbereitet«, antwortete Felix.

»Was hat denn diese Sonderanhörung zu bedeuten?«, wollte Herr Heinkes wissen und fuhr sich nervös mit einer Hand durch das zwar noch volle, aber an den Schläfen bereits graue Haar.

Felix schlug die Akte auf, die er in den Händen hielt, und überflog eilig die ersten Seiten. »Lassen wir uns überraschen«, sagte er, »aber keine Angst, wir bekommen das schon unter Dach und Fach.« Er sah seinen Mandanten mit einem Blick unter Männern an. »Dann können Sie Ihr neues junges Glück genießen.« Er blickte noch einmal in die Akte. »Ihre Noch-Ehefrau ist sehr vermögend«, stellte er fest.

»Ich will nichts von ihrem Geld haben«, sagte Herr Heinkes und wirkte sehr entschieden.

Felix sah von der Akte auf und seinen Klienten an. »Sie haben keinen Ehevertrag«, erklärte er, »es gilt also die Zugewinngemeinschaft. Normalerweise steht Ihnen die Hälfte zu ...«

»Ich will einfach sauber da raus«, unterbrach Herr Heinkes.

Felix wollte gerade zu einer Erwiderung ansetzen, als er sich plötzlich in seinen Traum vom vergangenen Abend zurückversetzt sah. Elfengleich schritt sie auf ihn zu und lächelte. Auch bei Tageslicht besehen büßte die geheimnisvolle Fremde nichts von ihrer Schönheit ein. Im Gegenteil. Das blonde Haar glänzte, die Augen leuchteten ...

»William, Liebling!« Sie blieb vor Herrn Heinkes stehen und versuchte ihm zärtlich über die Wange zu streicheln. Doch William Heinkes zuckte zurück. »Ich dachte schon, ich schaffe es nicht mehr rechtzeitig. Geht es dir gut?«

»Darf ich vorstellen?«, sagte Herr Heinkes statt einer Erwiderung. »Das ist Herr Edel, mein Anwalt.«

»Das ist doch nicht zu fassen«, sagte die Frau und strahlte Felix an.

»Sie schulden mir noch eine Geschichte«, sagte Felix und fühlte sich in seiner Menschenkenntnis bestätigt. Wer konnte es seinem Mandanten verübeln, dass er für dieses Traumgeschöpf seine wahrscheinlich sauertöpfische Ehefrau verlassen wollte? Felix jedenfalls hätte für diese Frau einfach alles stehen und liegen gelassen.

Die Schöne wandte sich wieder an Herrn Heinkes. »Wir haben uns gestern Abend kennen gelernt. Zufälle gibt es ...«

»Ich befreie Herrn Heinkes für Sie aus den Fesseln seiner Ehe«, sagte Felix und kam sich – wenn schon nicht wie der

Ritter auf dem weißen Ross –, zumindest wie der Retter in Not vor.

»Herr Edel«, sagte William Heinkes und räusperte sich. »Das ist Tessa Heinkes. Meine Frau.« Er blickte zu Boden. »Noch«, setzte er dann hinterher.

Felix suchte nach einer geeigneten Erwiderung. Und fand keine.

Zum Glück öffnete sich in diesem Augenblick die Tür zum Sitzungssaal und der Gerichtsbedienstete erlöste Felix aus der peinlichen Situation, indem er alle Anwesenden hineinbat.

Während Tessa Heinkes Anwalt Herr Bogner den Grund für diese Sonderanhörung offenbarte, ruhte Felix' Blick immer noch auf seiner Außerirdischen. Wie von einem anderen Stern drang daher auch die Stimme des Anwalts der gegnerischen Partei nur an sein Ohr: »Meine Mandantin lehnt eine Scheidung ab.«

»Tessa!« Herr Heinkes war von dieser Neuigkeit sichtlich überrascht. »Herr Edel!«, wandte er sich Hilfe suchend an seinen Anwalt und holte diesen damit auf den Planeten Erde zurück.

Felix merkte, dass nun etwas von ihm erwartet wurde. »Wir wissen alle, dass der Wunsch von Frau Heinkes, die Ehe fortzusetzen, juristisch keine Rolle spielt.« Trotz dieser Aussage schaffte er es nicht, den Blick von Tessa Heinke abzuwenden.

»Meine Mandantin bestreitet, dass sie und ihr Mann seit einem Jahr getrennt leben«, schoss Rechtsanwalt Bogner seinen nächsten Pfeil ab.

Richterin Kreutzer wandte sich direkt an Felix. »Ist der Trennungszeitpunkt durch Ihren Mandanten schriftlich fixiert worden, Herr Edel?«

Felix wünschte sich, er wäre besser vorbereitet. Doch statt gestern Abend in die Akte zu gucken, war er mit Christoph bei Kurt versumpft. Hektisch blätterte er auf der Suche nach einer Antwort durch die Papiere.

»Nein, ist er nicht«, übernahm Herr Heinkes seine eigene Verteidigung. »Weil wir uns einig waren, Tessa«, setzte er dann hinterher und fixierte seine Frau.

»Wie oft haben Sie denn im vergangenen Jahr in Ihrem gemeinsamen Haus übernachtet, Herr Heinkes?« Offenbar erwartete Frau Kreutzer von Felix keine adäquate Antwort mehr und wandte sich lieber direkt an seinen Mandanten.

William Heinkes überlegte. »Vielleicht zwei, drei Mal...«

»Ach Quatsch!«

Felix war überrascht, wie resolut die Stimme seiner Angebeteten sein konnte. Das hätte er diesem zarten Wesen gar nicht zugetraut.

»Wir haben gelebt wie ein ganz normales Ehepaar! Beweis das Gegenteil...« Tessa Heinkes verschränkte die Arme vor ihrem Körper und lehnte sich im Stuhl zurück.

»Tessa«, William Heinkes verschlang seine Finger ineinander. Er fühlte sich sichtlich unwohl. »Tessa, ich ... lebe nicht allein...« Er wandte sich an die Richterin und versuchte sich von dem entsetzten Blick seiner Frau nicht aus der Fassung bringen zu lassen, was ihm nur mit sichtlicher Mühe gelang. »Ich wohne seit über einem Jahr mit meiner neuen Lebensgefährtin zusammen. Sie könnte das bezeugen. Der Mietvertrag läuft auf unser beider Namen...«

Tessa Heinkes sprang von ihrem Stuhl auf. »Du Mistkerl!«, schimpfte sie, außer sich vor Wut.

»Frau Heinkes«, Felix war auf sich selbst stolz, dass er es schaffte, seinen Anwaltspflichten nachzukommen. »Sind Sie wirklich überzeugt, dass Ihr Mann die eheliche Lebensgemeinschaft mit Ihnen wieder aufnehmen wird?«

Tessa atmete tief durch und nahm wieder Platz. »Bestimmt«, sagte sie überzeugt. »Wenn er wieder klar denken kann.«

»Meine Mandantin«, begann Rechtsanwalt Bogner, »nimmt ihr Eheversprechen sehr ernst und führt ins Feld, dass sie geradezu die Pflicht hat, an seiner Seite zu bleiben, um ihre Verantwortung wahrzunehmen.«

»Herr Heinkes scheint mir durchaus Herr seiner Sinne zu sein«, argumentierte Felix ein wenig gegen seine Überzeugung. Konnte tatsächlich jemand bei klarem Verstand sein, der eine solche Frau verlassen wollte? Was musste das für ein Wesen sein, das sein Mandant Tessa Heinkes vorzog?

»Ich habe ein psychologisches Gutachten anfertigen lassen, das darlegt, dass Herr Heinkes gegenwärtig – um es laienhaft auszudrücken – fremdgesteuert agiert.« Bogner nickte seiner Mandantin beruhigend zu, offenbar überzeugt, nun die Wende in der Verhandlung erzielt zu haben.

»Du bist dieser Frau hörig, William!«, unterstrich Tessa die Ausführungen ihres Anwalts.

William Heinkes schüttelte den Kopf. »Das ist doch blanker Unsinn.«

»Was ist das überhaupt für ein Gutachten?« Felix lehnte sich nach vorn. »Von einem Psychologen, der meinem Mandanten noch nicht einmal in die Augen gesehen hat?«

»Es ist von Doktor Struwe, bei dem sich die Heinkes einer Paartherapie unterzogen haben«, erläuterte Bogner.

»Und der Kerl schreibt hinter meinem Rücken ...« Herr Heinkes schnaubte wütend.

»Herr Kollege!« Felix setzte bewusst ein süffisantes Grinsen auf. »Ein heimlich erstelltes Gutachten! Das ist so absurd, dass wir sogar auf ein Gegengutachten verzichten können.«

»Es ist doch nur zu deinem Besten, Liebling.« Tessa Heinkes beugte sich nach vorn und streckte ihrem Noch-Ehemann über den Tisch hinweg die Hand entgegen.

Doch der dachte nicht im Geringsten daran, diese zu ergreifen. »Ich bin Marion nicht hörig. Ich liebe sie.«

Tessa wandte sich an Felix. »Sie kennen sie nicht. Sie ist ...« Sie suchte offensichtlich nach dem richtigen Wort, während ihr Gesichtsausdruck bereits die Abscheu demonstrierte, die sie bei dem Gedanken an ihre Konkurrentin empfand.

»Wir haben hier nicht den Geschmack Ihres Ehemanns zu bewerten, Frau Heinkes«, unterbrach Richterin Kreutzer Tessas Bemühungen, den passendsten Ausdruck zu finden.

»Finden Sie es normal«, brauste Tessa auf und Felix stellte fest, dass blinde Wut selbst die makellose Schönheit dieser Frau zerstören konnte. »Finden Sie es normal, wenn er auf sämtliche Zahlungen verzichtet?«

Richterin Kreutzer warf einen Blick in ihre Unterlagen. »Frau Heinkes Vermögen ist in der Tat beträchtlich. Bluepoint Pharma ...«

»Ich will die Trennung eben ganz unkompliziert, um dich möglichst wenig zu belasten.« Herr Heinkes Blick ruhte väterlich-liebevoll auf seiner Frau.

Doch die Richterin schien ihr Urteil ohnehin gefällt zu haben. »Frau Heinkes«, sagte sie spitz, »ich würde es nicht unbedingt als krankhaft einstufen, wenn Ihr Mann in einer neuen Beziehung andere Werte als Schönheit und Reichtum sucht. Ich kann keinen außergewöhnlichen Umstand erkennen, der mich daran hindern sollte, die Scheidung auszusprechen. Wir sehen uns also zum festgesetzten Scheidungstermin.« Und sie schlug die Akte, die vor ihr auf dem Tisch lag, zu.

10
Geheimnisse

Sandra sah sich beeindruckt in der großen Eingangshalle der Villa um. Das, was sie sah, übertraf ihre ohnehin schon nicht geringen Erwartungen noch um einiges.

Alfred Münchberg, vom Alter gebeugt, aber in seinem maßgeschneiderten Anzug dennoch eine imposante Erscheinung, ließ sie gewähren und stand schweigend neben ihr.

»Es ist wunderschön«, brachte Sandra ihre Faszination zum Ausdruck. »Meine Mutter war ja ein paar Mal hier. Sie hat mir immer vorgeschwärmt ...« Da Münchberg immer noch milde lächelnd neben ihr stand und keine Anstalten machte, die Initiative zu ergreifen, fuhr Sandra fort: »Da lang?« Sie deutete aufs Geratewohl auf eine Tür.

Münchberg nickte, ohne auch nur einen Augenblick sein Lächeln zu unterbrechen, und folgte Sandra.

Als sie die große Bibliothek betraten, schien sich der alte Herr ebenso wie Sandra einen Moment lang zu orientieren. Dann deutete er auf einen einladend aussehenden Zweisitzer, der vor einem der antiken Bücherregale stand. »Nehmen Sie doch bitte Platz.«

Sandra dankte mit einem kurzen Lächeln und setzte sich. Während Alfred Münchberg zu dem Servierwagen mit alkoholischen Getränken ging, holte sie bereits einen Schreibblock und einen Stift aus ihrem Aktenkoffer. »Möchten Sie auch einen?«, fragte der alte Mann und deutete auf das volle Glas Sherry, das er sich soeben eingeschenkt hatte.

»Nein, danke«, lehnte Sandra ab. »Am besten fangen wir direkt an.« Sie sah den früheren Arbeitgeber ihrer Mutter auffordernd an, doch der schwieg ausgiebig und schenkte ihr lediglich ein weiteres freundliches Lächeln. »Mit dem Testament«, fuhr Sandra fort und hoffte, dem Gentleman der alten Schule damit auf die Sprünge zu helfen, was den Grund ihres Besuches anging. »Haben Sie schon eine Aufstellung der Vermögenswerte in Angriff genommen?«

Münchberg kippte seinen Sherry herunter und schwieg weiterhin. Sandra wartete.

»Sie sind alle hinter dem Geld her«, sagte der alte Mann schließlich und wandte seinen Blick nicht eine Sekunde von Sandra ab.

Nervös strich Sandra über den kurzen Rock ihres Kostüms. »Ich nehme an, die Unternehmensnachfolge ist nicht Gegenstand des Testaments, oder?« Dieses Gespräch war weitaus schwieriger, als sie sich das vorgestellt hatte. »Schließlich leitet Ihr Sohn die Firma seit Ihrem Austritt vor fast zwanzig Jahren.«

»Sie sehen Regina sehr ähnlich. Es ist frappierend!«

Sandra erstarrte. Für einen kurzen Moment sah sie sich mit einer beigen Kittelschürze und hoch gesteckten Haaren auf einer billigen gemusterten Wohnzimmergarnitur vor der obligatorischen Wohnzimmerschrankwand sitzen.

Auch wenn Herr Münchberg diese Bemerkung vermutlich als Kompliment gemeint hatte – für Sandra war der Gedanke, sie könnte etwas mit ihrer Mutter gemein haben, so ziemlich das Schrecklichste, was sie sich vorstellen konnte. Sie selbst sah sich als das genaue Gegenteil: ehrgeizig, karrierebewusst, emanzipiert, selbstständig, modern und unkonventionell.

»Es war eine schöne Zeit mit Regina.« Münchberg geriet ins Schwärmen und war ganz offensichtlich Lichtjahre vom heutigen Tag entfernt.

Sandra ergab sich in ihr Schicksal. Zu diesem Auftrag schien es wohl zu gehören, dass sie ein wenig mit ihrem

Mandanten in dessen Vergangenheit schwelgte. »Meine Mutter hat sehr gerne für Sie gearbeitet«, sagte sie und drehte die Mine ihres Stiftes zu. »Als Sekretärin hätte sie es nirgends besser haben können.«

»Sekretärin?« Münchbergs Gesichtsausdruck zeigte blankes Unverständnis.

»Oder nennen Sie es ›Mädchen für alles‹.« Sandra merkte nicht, wie abwertend dieser Ausdruck für das war, was ihre Mutter als allein erziehende und berufstätige Frau geleistet hatte. Nur einen kurzen Augenblick fielen ihr Frau Armbrüster und Benny in diesem Zusammenhang ein und sie stutzte. Doch dann war dieser Moment schon wieder verflogen. Sie drehte die Mine ihres Stiftes erneut heraus. »Ein Pflichtteilsverzicht ist nicht vereinbart worden, oder?«

»Uns hat mehr verbunden als die Arbeit«, sagte Münchberg und schien fast ein wenig beleidigt, dass Sandra sein Verhältnis zu Regina Starck auf das Geschäftliche reduzieren wollte.

»Ach ja?« Sandra wurde hellhörig. Gab es da etwa verborgene Flecken im Leben ihrer Mutter, von denen sie nicht einmal etwas ahnte? In ihren Augen war ihre Mutter eine pflichtbewusste Frau, die sicher niemals etwas tun würde oder getan hatte, was nicht den gesellschaftlichen Normen und Kriterien eines anständigen Lebens entsprach. Ihre Mutter war beinahe so etwas wie ein asexuelles Wesen für sie. Schließlich hatte sie sie auch niemals bewusst als liebende Frau und Partnerin erleben können! Münchberg blickte in die Ferne, als könnte er dort die Schatten seiner Vergangenheit erkennen. »Wenn man die Uhren doch zurückdrehen könnte«, philosophierte er.

»Sollen wir ein ander Mal weitermachen?«, bot Sandra an.

»Rio«, schwärmte der alte Mann, »das Meer ... Sie ist eine wunderbare Tänzerin ...«

Sandra runzelte verwundert die Stirn. »Sie sprechen jetzt

aber nicht von meiner Mutter, oder?« Sie versuchte sich ihre Mutter als junge Frau in knapper, sexy Kleidung vor einem Lagerfeuer tanzend am Strand von Rio vorzustellen. Aber es gelang ihr nicht.

»Ipanema«, sprach Münchberg weiter, als hätte er Sandra nicht gehört.

»Meine Mutter war nie in Brasilien«, überlegte Sandra laut und vergaß nun ihrerseits beinahe, dass sie nicht allein war. »Wann auch? Sie hatte ja immer mich am Hals. Außer wenn ich ...« Sandra stutzte. »Das heißt ... zweimal war ich mit der Schule verreist ...«

»Gibt es denn einen Pflichtanteil für die Enkel?« Jetzt schien Herr Münchberg wieder in die Gegenwart zurückzukehren und setzte sich Sandra gegenüber in einen Sessel. Doch Sandra bemerkte es nicht einmal. Sie dachte an die beiden Klassenfahrten, die sie mitgemacht hatte. Einmal in der neunten Klasse und dann die große Abschlussfahrt vor dem Abitur. Das eine Mal war sie eine Woche weggewesen und das andere Mal sogar zehn Tage, wenn sie sich recht erinnerte. Konnte es tatsächlich sein, dass ihre Mutter in dieser Zeit ...? »Jetzt lassen Sie mich nicht zappeln«, wandte sie sich an den alten Mann. »Sie und meine Mutter waren ...«

Herr Münchberg sah sie mit einem verträumten Blick an, schien aber durch sie hindurchzusehen. »Sie dürfen mich nicht verraten«, sagte er.

Auf dem Rückweg zum Büro lag ein zufriedenes Lächeln auf Sandras Lippen. Zwar hatte sie nicht im Geringsten das erreicht, was sie bei Herrn Münchberg erledigen sollte, doch dafür hatte sie etwas erfahren, das sie zu ihrer Überraschung unsagbar glücklich machte: Ihre Mutter war nicht die biedere und stockkonservative Frau, für die sie sie immer gehalten hatte. O nein! Sie hatte durchaus ihr Leben genossen! Sandra spürte, wie erleichtert sie war. Insgeheim hatte sie immer ein schlechtes Gewissen gehabt, weil ihre Mutter für sie auf alles verzichtet hatte. Sie hatte gearbeitet, um Sandra das Abitur zu ermöglichen und sie noch während des Jurastudiums unterstützt. Nie hatte sie auch nur einen Gedanken an sich selbst verschwendet. Und das war mehr, als Sandra auf ihren schmalen Schultern tragen konnte.

Als Sandra die Kanzlei betrat, hatte sie immer noch dieses gewisse verzückte Lächeln auf dem Gesicht und Biene wollte natürlich direkt wissen, was passiert war.

»Du siehst aus, als hättest du dich verliebt«, begrüßte sie ihre Chefin. »Muss ich was wissen?«

Und Sandra scheute sich nicht, Biene zu erzählen, was sie soeben über ihre Mutter erfahren hatte. Irgendwann sangen die beiden zusammen »The girl from Ipanema«, denn auch Biene fand die Geschichte unglaublich romantisch. In diesem Augenblick betrat eine Frau Mitte vierzig, gepflegt und sympathisch, aber nicht weiter auffällig, die Kanzlei. Sie lächelte, als sie die beiden tanzenden und singenden Frauen sah.

»Ich suche Herrn Edel«, verkündete sie ihr Anliegen, nachdem Biene und Sandra sich die Haare aus dem Gesicht gestrichen hatten und wieder ansprechbar waren.

Biene setzte gerade zu einer Antwort an, als sich die Tür der Kanzlei ein zweites Mal öffnete und Felix in Begleitung von William Heinkes den Empfangsraum betrat.

»Ihre zukünftige Ex-Frau tut, was sie kann, um Ihnen Steine in den Weg zu legen. Langsam bin ich wirklich gespannt auf ihre Rivalin ... also die Rivalin Ihrer Frau ... auf Ihre neue Lebensgefährtin.«

William Heinkes lächelte, als er die fremde Frau sah, und antwortete: »Ich glaube, da müssen Sie nicht mehr lange warten.« Er streckte die Arme aus und die Frau, die wenige Sekunden vor ihnen das Büro betreten hatte, schmiegte sich an seine Schulter. »Darf ich vorstellen«, fuhr Herr Heinkes fort, »das ist Marion Fritsche. Die Frau, mit der ich alt werden möchte.«

Felix unterdrückte mühsam den ungläubigen Aufschrei, der sich seiner Kehle entwinden wollte. Mit allem hatte er gerechnet, aber nicht damit. Sicher war Marion Fritsche eine für ihr Alter attraktive Frau, aber im Vergleich zu Tessa Heinkes unscheinbar und – Felix schämte sich seiner Gedanken – so *durchschnittlich*. »Felix Edel«, stotterte er. »Freut mich.« Er reichte Frau Fritsche die Hand, die sie freundlich lächelnd ergriff. Er wies mit ausgestrecktem Arm auf sein Büro. »Wenn Sie schon mal vorgehen wollen ...« Felix kam sich vor wie ein Schwein, aber er brauchte eine Minute, um sich zu sammeln. »Biene?«, wandte er sich an seine Angestellte, die ihn – ebenso wie seine Kollegin – aufmerksam beobachtete. »Biene, hat sich das Amtsgericht gemeldet? Wegen der Revision?«

»Revision?« Bienes fragender Gesichtsausdruck zeigte deutlich, dass sie nicht die geringste Ahnung hatte, wovon ihr Chef eigentlich sprach.

Felix schloss immer noch lächelnd die Tür hinter seinem Mandanten und dessen Lebensgefährtin und drehte sich mit blankem Entsetzen im Gesicht, als wäre er gerade mindestens Jack the Ripper persönlich begegnet, wieder zu Biene um. »Wo ist der Cognac?«, fragte er.

Biene hob missbilligend die Augenbrauen.

»Das gibt's doch nicht«, jammerte Felix und strich sich einige Haarsträhnen aus der Stirn.

»Was?«, wollte Sandra wissen.

»Na, das!« Felix deutete auf sein Büro.

»Was ist daran so schwierig?« Sandra verschränkte die Arme vor der Brust. »Ein Mann hat sich in eine Frau verliebt ...«

»Ja, aber ...«, stotterte Felix.

»Aber was?« Sandra wippte nervös mit dem Absatz ihres Schuhs. »Weil sie älter ist? Bringt es Sie wirklich so aus dem Takt, dass sich Ihr Mandant in diese Frau verliebt hat?«

Felix fuchtelte wild mit den Händen und sah Sandra hilflos an. Er wusste ja, dass sie Recht hatte, aber gegen seine Gefühle konnte er nun einmal nichts ausrichten. »Zusammen alt werden« nuschelte er. »Die ist doch schon alt.« Er intensivierte seinen Hilfe suchenden Blick. »Sandra«, bat er. »Könnten Sie nicht ...«

»Felix Edel! Wissen Sie was? Sie haben diesen Fall verdient!« Sandra sah ihm mit einem unerbittlichen Blick in die Augen. Felix ließ die Schultern hängen und wandte sich schicksalsergeben seiner Bürotür zu, als seine Partnerin fortfuhr: »Aber Herr Heinkes hat Sie nicht verdient. Und Frau Fritsche erst recht nicht.«

Als Felix die Tür öffnete und Sandra höflich den Vortritt ließ, wandten sich sein Klient und Marion Fritsche, die in den Besuchersesseln Platz genommen hatten, den beiden Anwälten zu.

»Herr Heinkes«, begann Felix und räusperte sich. »Ich werde mein Mandat niederlegen.«

William Heinkes sprang entsetzt auf. »Aber Herr Edel!«

Felix bat ihn mit einer Geste, sich wieder zu setzen. »Ich bin in diesem Fall befangen. Sie wissen ja, ich habe Ihre Frau ... Ihre Noch-Ehefrau«, verbesserte er sich, »ich habe Tessa Heinkes gestern Abend zufällig kennen gelernt und ...«

Heinkes, der sich soeben wieder hingesetzt hatte, sprang erneut auf. »Zufällig? Das glauben Sie doch selber nicht. Sie wollte Ihnen demonstrieren, was für eine Superfrau sie ist und ...« Marion Fritsche legte ihm besänftigend die Hand auf den Arm.

»Aufgrund der Komplikationen, die sich im Scheidungsverfahren ergeben haben und um der Gegenseite keinerlei Angriffsfläche zu bieten ...«

»Sie können uns doch jetzt nicht im Regen stehen lassen«, unterbrach Herr Heinkes Felix aufgeregt. »So kurz vor dem Scheidungstermin ...«

»Natürlich nicht«, beschwichtigte Felix. »Darum möchte ich Ihnen Frau Starck, meine Mitar...«, Felix spürte Sandras bohrenden Blick in seinem Nacken, »meine *Partnerin* ans Herz legen, die sich Ihres Falles mit demselben ...« Er hörte Sandra hüsteln, »... wenn nicht sogar mit noch mehr Elan und ...« Er gab sich einen Ruck, »... und Kompetenz annehmen würde.«

Sandra lächelte dem eindeutig verliebten Paar aufmunternd zu. »Wenn Sie einverstanden sind, können wir in mein Büro wechseln und dort besprechen, wie wir weiter vorgehen wollen.«

Frau Fritsche schien mit dem Wechsel zufrieden zu sein und William Heinkes ergab sich in sein Schicksal. Was hatte er auch für eine andere Wahl? Nachdem die drei sein Büro verlassen hatten, ließ sich Felix erschöpft auf seinen Stuhl fallen und stützte den Kopf in die Hände. Dann griff er nach dem Telefon und wählte die Nummer seines Freundes Christoph. Was er jetzt brauchte, war ein bisschen Zuspruch und Verständnis von einem Mann.

William Heinkes lehnte sich in dem bequemen Sessel vor Sandras Schreibtisch nach hinten.

»Gibt Ihnen Tessa nicht das Gefühl, jünger zu sein?«, wollte Sandra von ihrem neuen Mandanten wissen, nachdem sich Frau Fritsche von ihnen verabschiedet hatte, damit sie ungestört waren. Als Anwältin musste sie sich schließlich nicht nur in die juristische Seite ihres neuen Falls einarbeiten, sondern auch in die emotionale, um die bestmögliche Verteidigung zu erarbeiten.

William Heinkes seufzte. »Das sollte man meinen, aber das Gegenteil ist der Fall. Sie behandelt mich ja nicht wie einen jungen Mann. Sie behandelt mich nicht einmal wie einen Mann meines Alters.«

»Das klingt, als hätten Sie die Vaterrolle übernommen.«

Herr Heinkes nickte. »Für mich erstickt das auch jede Erotik. Da kann sie noch so atemberaubend schön sein. Man will sich ja auch mal fallen lassen. Wissen Sie, bei Marion kann ich sein, wie ich bin. Ich kenne sie seit der Schule. Tessa erwartet immer von mir, dass ich würdevoll und weise bin.« Er lächelte spitzbübisch und sah dabei einen Moment lang wie ein Schuljunge aus. »Dabei kann ich richtig albern sein.«

»Aber Tessa liebt Sie.« Sandra machte sich einige Notizen.

»Lieben? Sie vergöttert mich! Was ich sage, ist das Evangelium. Welchem Mann würde das nicht schmeicheln? Deswegen habe ich sie ja auch geheiratet. Aber das ist keine Basis für eine Beziehung.« Er schüttelte traurig den Kopf. »Sie ist vollkommen auf mich fixiert. Sie hat kein Eigenleben. Sie hat mal angefangen, Pharmazie zu studieren. Das liegt ja auch nahe, wenn der Vater so einen Betrieb hat ...« Er sah Sandra an. »Sie trifft keine Entscheidung selbst – außer, wenn es um ihre Garderobe geht.«

»Sie fühlen sich immer noch für sie verantwortlich«, stellte Sandra fest.

William knetete nervös seine Hände. »Sie wird in ein tiefes Loch fallen ohne mich. Tessa ist wie ein Kind.«

»Vielleicht hat sie ohne Sie die Chance, erwachsen zu werden«, versuchte Sandra ihr Gegenüber aufzubauen.

William Heinkes zuckte mit den Schultern – und schwieg.

11
Keine Frage des Alters

Felix band sich den Schnürsenkel an seinem Sportschuh zu. Gott sei Dank war Christoph spontan bereit gewesen, in der Mittagspause ein paar Bälle mit ihm zu schlagen. Das war genau das, was er jetzt brauchte.

»Wenn du einen Porsche und einen Mercedes Diesel in der Garage hättest«, fragte Felix mit dem Badmintonschläger in der einen Hand und dem Ball in der anderen, »da würdest du doch lieber mit dem Porsche fahren, oder?«

Christoph wartete auf Felix' Aufschlag. »Du hast einen Saab und der steht nicht in der Garage, sondern meistens in der Werkstatt. Was soll also diese Frage?«

»Sag doch einfach mal«, bohrte Felix und machte einen der schlechtesten Aufschläge seines Lebens. »Porsche oder Diesel? Das ist doch eigentlich keine Frage, oder?«

Christoph bückte sich nach dem Ball, den Felix ins Aus geschlagen hatte. »Irgendwann kommt der Moment, da ist die Familienkutsche angesagt«, antwortete er. »Sieh mich an.« Und mit einem energischen Schlag beförderte er den Ball wieder auf die andere Seite des Netzes.

Felix traf ihn nur mit dem Rahmen seines Schlägers. »Aber so ein Porsche macht doch viel mehr her!«

»Na und?«, sagte Christoph. »Was hast du davon? Kuschelige Ledersitze sind doch viel netter.«

Felix versuchte es noch einmal. »Also angenommen, du hast einen Sportwagen und dann lernst du irgendwann einen Volvo kennen. Würdest du dich trennen?«

Christoph stutzte. »Sag mal, reden wir hier wirklich über Autos?« Er schlug Felix den Ball genau auf den Körper und der hatte keine Zeit mehr zu antworten, während er zur Seite sprang und versuchte, den Ball mit seiner schlechten Rückhand zu parieren.

Erst als der Ball im Aus gelandet war und Felix nach Luft schnappte, fragte er: »Wie alt würdest du mich eigentlich schätzen, wenn du mich nicht kennen würdest.«

»So alt wie du bist«, antwortete Christoph und bückte sich erneut nach dem Ball.

»Nicht so zwei, drei Jahre jünger?«

Christoph grinste. »Mit dem richtigen Auto vielleicht ...«

»Arsch!« Felix traf den Ball zum ersten Mal mit voller Wucht.

»Falls du jetzt mit der Leier kommst, du willst noch mal zwanzig sein, dann darf ich dich daran erinnern, dass du für die Frauen, für die du damals geschwärmt hast, Luft warst.«

Und als wäre das der vereinbarte Text gewesen, stellte sich in diesem Augenblick eine gerade Zwanzigjährige in dem knappen Sportdress der Sporthallenangestellten an das Netz und lächelte Felix und Christoph freundlich an. Felix hatte Mühe, Augenkontakt herzustellen. Immer wieder glitt sein Blick über die äußerst reizvolle Figur der jungen Frau.

»Entschuldigung«, sagte die Blondine. »Haben Sie Interesse, bei dem Turnier in zwei Wochen mitzumachen?«

Felix warf sich in Pose. »Wenn Sie sich trauen, gegen uns anzutreten?«, flachste er.

Die junge Frau lächelte pflichtbewusst. »Wir kriegen das Seniorenteam nicht voll«, erklärte sie – und stürzte Felix mit diesem kurzen Satz in eine tiefe Krise.

Nachdenklich blickte Sandra auf die Unterlagen im Fall Heinkes. »Biene?«, rief sie durch die offen stehende Bürotür in den Vorraum, wo die Rechtsanwaltsgehilfin vor ihrem

Computer saß. »Wie alt würdest du mich eigentlich schätzen, wenn du mich nicht kennen würdest?«

Nahezu im gleichen Augenblick rief ein nach der misslungenen Mittagspause im Sportzentrum frustrierter Felix aus seinem Büro: »Sandra?«

Zum Glück konnte Sandra Bienes zunächst verdutzten und nach Felix' Rufen erleichterten Gesichtsausdruck nicht sehen. Unbeabsichtigt, dennoch nicht weniger edel, hatte Felix seine Angestellte vor einer Antwort bewahrt.

»Ja?«, rief Sandra zurück.

Felix kam mit dem Telefon in der Hand ins Foyer der Kanzlei, das die beiden Büros voneinander trennte. »Ich habe Ihre Mutter für Sie am Telefon.«

Sandra runzelte die Stirn. Wieso wählte ihre Mutter Felix' Durchwahl und nicht ihre? Hatte sie sich vielleicht vertan? »Stellen Sie durch«, bat sie ihren Kollegen.

Felix runzelte die Stirn und betrachtete verzweifelt das Telefon in seinen Händen. »Welche Taste muss ich drücken?«

Biene seufzte. Männer und Technik, dachte sie, sagte aber: »Gib her, ich mach schon.«

Nachdem Felix ihr mit einem dankbaren Blick das Telefon in die Hand gedrückt hatte, stellte er sich in den Türrahmen zu Sandras Büro. »Ihre Mutter hat uns eingeladen«, erklärte er.

Sandra war die Überraschung deutlich anzusehen. »Meine Mutter hat Sie eingeladen?«, wiederholte sie, als könnte sie sich nur verhört haben.

»Uns, Sandra, uns«, antwortete Felix und betonte das erste und das letzte Wort ganz besonders.

Sandra verdrehte die Augen und schüttelte den Kopf. »Sie ist wirklich unmöglich ...«, klagte sie und nahm ihr Telefon zur Hand, das in diesem Augenblick klingelte. »Mutti?«

Felix zog sich diskret zurück und schloss die Tür hinter sich.

»Hallo, Sandra«, grüßte ihre Mutter offenbar gut gelaunt. »Ich habe schon mit Herrn Edel gesprochen. Passt dir morgen Nachmittag?«

»Geht in Ordnung«, sagte Sandra gnädig. »Ich wollte dich übrigens auch anrufen. Ich war bei Münchberg!« Den letzten Satz sprach sie so andeutungsvoll wie möglich aus.

»Da tust du mir einen großen Gefallen«, bedankte sich Regina Starck.

Sandra senkte ihre Stimme noch ein wenig. »Ich sage nur: Ipanema.«

»Ipanema?« Ihre Mutter sprach den Namen dieses Ortes aus, als hörte sie ihn zum ersten Mal in ihrem Leben.

»Warum hast du mir nie von dir und Münchberg erzählt?«, wollte Sandra wissen.

»Du warst ein Kind«, antwortete Frau Starck. »Da haben dich andere Sachen interessiert als meine Arbeit.«

Sandra grinste. »Du dachtest, ich wäre eifersüchtig.«

»Nein!« Die Stimme ihrer Mutter klang empört.

»Und fandest es unmoralisch«, setzte Sandra hinterher.

»Schatz, ich weiß gar nicht, wovon du redest?«

»Münchberg hat mir alles erzählt. Oder sagen wir: Er hat genug angedeutet ...« Sandra meinte durchs Telefon förmlich zu sehen, wie ihre Mutter nun rot anlief, nachdem sie von ihrer einzigen Tochter entlarvt worden war. Sie wartete auf eine Reaktion. Ein Geständnis. Aber da kam nichts.

»Hallo? Sandra? Bist du noch dran?«, klang nach einer kurzen Pause die Stimme ihrer Mutter aus dem Hörer.

Sandra geriet ins Träumen. »Er sieht ja immer noch gut aus. Ich kann dich schon verstehen.«

Allmählich schien bei Regina Starck der Euro zu fallen. Centweise sozusagen. »Sag mal, was unterstellst du mir da?«, fragte sie empört.

Aber Sandra bekam die negativen Gefühlsregungen ihrer Mutter gar nicht mehr mit. Vor ihrem inneren Auge sah sie junge attraktive braun gebrannte Menschen, darunter ihre nur mit einem knappen Bikini bekleidete Mutter, die sich an einem feinsandigen Strand unter Palmen aalten. »Es ist doch toll! Du an der Copacabana ... Und ihr wart ja wohl nicht nur in Brasilien ...«

»Sandra!«

»Ich hatte manchmal das Gefühl, dass du dein Leben nicht richtig genießt, weißt du, aber jetzt ...«

»Na, hör mal!«, unterbrach ihre Mutter sie entrüstet.

»Ach, ich bin so froh!«, sagte Sandra erleichtert. »Warum hast du mir bloß nie davon erzählt? Das musst du unbedingt nachholen. Du hast es ja faustdick hinter den Ohren. Und ich habe immer gedacht, du versauerst in deiner Wohnung. Gott, bin ich blöd gewesen, dass ich dich so unterschätzt habe ...« Sie lauschte, aber in der Leitung blieb es stumm. Wenn Sandra in diesem Augenblick ihre Mutter auf der gemusterten Wohnzimmergarnitur hätte sehen können, dann wäre ihr das folgende Ende des Gesprächs vielleicht nicht so sonderbar vorgekommen. Aber sie konnte sie nun einmal nicht sehen. »Hallo? Mutti? Bist du noch dran?«

Regina Starck saß blass und in sich zusammengesunken auf der Couch und blickte mit verschlossenem Gesichtsausdruck aus dem Fenster ihrer Wohnung im achten Stock eines Hochhauses in den grauen wolkenverhangenen Himmel. »Keine Sorge«, sagte sie und umklammerte das Telefon mit festem Griff. »Ich habe nichts ausgelassen. Da fällt mir ein ... mein nächstes Rendezvous steht an. Ich muss los.« Und sie legte auf.

»Mutti?«, fragte Sandra irritiert und starrte den Hörer in ihrer Hand an, der zur Antwort jedoch lediglich ein regelmäßiges Tuten von sich gab.

»Meine Mutter will genauso wenig mit der Sprache raus wie Sie. Sie war geschieden, Sie waren Witwer ... es muss sich doch keiner Vorwürfe machen.« Nachdem Sandra auch von ihrer Mutter keine Details erfahren hatte, war ihr die Zeit bis zum nächsten Termin mit Herrn Münchberg am gleichen Nachmittag ewig vorgekommen. Nun aber hoffte sie auf die Auskunftsfreudigkeit des alten Mannes. Sie zwinkerte ihrem Gegenüber, der in einem bequemen Ohrensessel in der alten Bibliothek Platz genommen hatte, aufmunternd zu. »Und dass Sie nicht mein Stiefvater geworden sind ...«

Herr Münchberg studierte aufmerksam das Schriftstück, das die Anwältin ihm zu Beginn ihres Besuchs überreicht hatte. Jetzt hob er den Entwurf, den Sandra ausgearbeitet hatte, hoch und sah Sandra ratlos an. »Was ist das, Kindchen?«

»Es lässt sich alles noch ändern«, beruhigte Sandra ihren Mandanten in dem Glauben, er hätte eine Textstelle in dem Testament gefunden, die ihm nicht zusagte. »Ich hätte nie gedacht, dass meine Mutter so unkonventionell ist. Mal sehen, was sich da noch für Geheimnisse auftun ...« Das Geräusch der sich öffnenden Haustür ließ Sandra aufhorchen. Sie blickte zu Herrn Münchberg hinüber. Hatte denn noch jemand den Schlüssel zu der Villa? Vielleicht eine Haushaltshilfe? Durch die offen stehende Zimmertür sah Sandra einen Mann, eine Frau und zwei Kinder, die die Eingangshalle betraten. Zumindest die beiden Erwachsenen waren schwer bepackt und stöhnten unter dem Gewicht der Koffer und Gepäckstücke.

Sandra stand auf. »Guten Tag«, wünschte sie dem Mann, den sie auf Ende vierzig schätzte und der sie in diesem Augenblick verblüfft zur Kenntnis nahm.

»Guten Tag«, erwiderte der Fremde überrascht und betrachtete Sandra skeptisch. »Darf ich fragen, wer Sie sind?«

Sandra lächelte und ging dem Mann entgegen. »Sandra Starck, die Anwältin von Herrn Münchberg. Alfred Münchberg.« Sie reichte ihm die Hand.

»Ich bin sein Sohn Wolfgang. Aber was machen Sie hier? Und wieso Anwältin?«

»Ich setze sein Testament auf«, erklärte Sandra gerade, als Herr Münchberg senior hinter ihr aus der Bibliothek in die Diele trat.

»Opa!«, rief der etwa zehnjährige Junge freudig überrascht und stürmte auf seinen Großvater zu.

»Wolfgang, mein Kleiner!«, erwiderte der alte Mann und das Kind blieb verlegen stehen.

»Ich bin nicht Wolfgang, Opa«, entgegnete es. »Ich heiße Tobias.«

»Papa!«, rief Wolfgang Münchberg in diesem Augenblick. »Wie kommst du denn hierher?«

Sandra sah verwundert zwischen dem alten und dem jungen Münchberg hin und her. Alfred Münchberg wirkte sichtlich verwirrt und überfordert. »Wohnt Ihr Vater denn nicht hier?«, fragte sie fast flüsternd.

Münchberg junior wandte sich zu seiner Frau um, die wie angewurzelt hinter ihm stand und die Szene stumm beobachtete. »Kümmerst du dich um ihn?«, bat er sie und Frau Münchberg nickte.

»Komm, Papa, wir setzen uns ins Wohnzimmer«, sprach sie den alten Mann liebevoll an, ergriff seinen Unterarm und führte ihn durch eine der zahlreichen Türen, die von der Eingangshalle abgingen.

Alfred Münchberg ließ sich bereitwillig von seiner Schwiegertochter hinausbegleiten. Doch kurz bevor die Frau die Tür hinter sich und ihrem Schwiegervater schließen konnte, wandte er sich noch einmal zu Sandra um: »Das nächste Mal müssen Sie mir unbedingt mehr von Brasilien erzählen«, sagte er zum Abschied und zwinkerte der Rechtsanwältin wie einer Komplizin zu.

Sandra lächelte etwas mühsam, dann verschwand der alte Mann hinter der Tür.

»Es tut mir sehr Leid, wenn mein Vater Ihre Zeit umsonst in Anspruch genommen hat«, entschuldigte sich Wolfgang Münchberg.

»Ich versteh überhaupt nichts mehr«, gestand Sandra und schüttelte ratlos den Kopf.

»Er lebt seit fünf Jahren in einem Heim. Es ist schon manchmal vorgekommen, dass er dort ausgebüxt ist und hier vor der Tür stand.«

»Davon hat er kein Wort gesagt ...« Sandra hatte sichtlich Mühe, sich in der neuen Situation zurechtzufinden.

»Er hat das nie realisiert«, fuhr der junge Münchberg in seiner Erklärung fort. »Mein Vater ist völlig desorientiert. Wir haben ihn nicht gern in ein Heim gegeben, aber er braucht rund um die Uhr jemanden, der sich um ihn kümmert.«

»Das tut mir Leid«, sagte Sandra.

»Falls Sie Unkosten hatten ...«

Sandra dachte an ihre Mutter, der sie mit diesem Auftrag eigentlich einen Gefallen hatte tun wollen. Auch wenn ihre Mutter das wahrscheinlich anders sah. »Nein, nein. Schon gut.« Sie klemmte sich ihre Aktentasche unter den Arm und wandte sich zum Gehen. »Auf Wiedersehen.« An der Tür drehte sie sich noch einmal zu Wolfgang Münchberg um. »Nur noch eins«, sagte sie. »War Ihr Vater jemals in Brasilien?«

Münchberg junior runzelte die Stirn. »Brasilien?«, wiederholte er. »Nein.« Er schüttelte den Kopf. »Nicht dass ich wüsste ...«

»Ich hätte merken müssen, dass er völlig plemplem ist. Wenn ich daran denke, wie meine Mutter sich jetzt fühlt!« Sandra saß auf der Besuchercouch in Felix' Büro und schüttete ihrem Kompagnon das Herz aus. Sie konnte sich nur an wenige Situationen in ihrem Leben erinnern, in denen sie sich so mies vorgekommen war.

»Sie haben sich eben für Ihre Mutter gefreut«, versuchte Felix seine Partnerin zu trösten. »Das ist doch nicht so schlimm.«

Sandra schnaubte. »Wie würden Sie sich fühlen, wenn Sie sechzig sind, Ihr ganzes Leben immer für Ihr Kind da waren und Ihr Kind Ihnen dann sagt, dass Sie Ihr Leben verplempert haben.« Sie dachte an Karin Armbrüster, die – auch wenn Sandra dies am Anfang nicht gemerkt hatte – alles für ihren Sohn getan hatte. Sie hatte sogar einen Diebstahl für ihn begangen und war dafür in den Knast gewandert. Und hatte nicht Sandra genau das von ihr erwartet? War nicht ihr persönliches Bild einer Mutter von Selbstaufgabe für das eigene Kind geprägt? Warum also warf sie ihrer Mutter genau dieses Verhalten eigentlich vor?

Felix sah Sandra nachdenklich an. »Ich glaube«, sagte er schließlich, »ich würde mich schlecht fühlen, wenn mein Kind so etwas zu mir sagt.«

»Sandra?« Biene steckte den Kopf zur Tür hinein. »Frau Fritsche ist für dich da. Hast du Zeit?«

Sandra nickte. »Ja, klar. Bring sie in mein Büro, aber gib mir noch ein paar Minuten, okay?«

Biene lächelte ihr aufmunternd zu und schloss behutsam die Tür.

»Ich lass Sie auch kurz allein«, sagte Felix und überraschte Sandra mit so viel Einfühlungsvermögen. Aber sie nahm das Angebot gerne an. Kaum hatte Felix die Tür hinter sich geschlossen, lehnte sich Sandra zurück und starrte an die Decke.

Sie musste sich irgendetwas einfallen lassen, um ihren Fauxpas wieder gutzumachen. Und sie spürte, dass dieses unschöne Ereignis einen Sinneswandel bei ihr ausgelöst hatte: Bislang war ihr Verhältnis zu ihrer Mutter davon geprägt gewesen, dass sie sich für sie geschämt hatte. Regina Starcks kleinbürgerliche Weltanschauung, die klein gemusterten Blümchenblusen und die Tatsache, dass ihre Mutter es in ihrem Leben »nur« zur Sekretärin gebracht hatte, hatten ihr den Blick auf das Wesentliche verstellt. Den ersten Denkanstoß hatte ihr der Fall Karin Armbrüster geliefert. Erst danach war Sandra in der Lage gewesen, die enorme Kraftanstrengung ihrer Mutter als allein erziehende Frau zu würdigen. Aber es hatte noch Alfred Münchbergs bedurft, um ihr die Bretter von den Augen zu nehmen und ihren Blick für das zu öffnen, was ihre Mutter für sie getan und welche Arbeit sie in der Erziehung ihrer Tochter geleistet hatte. Würde sie, Sandra, heute hier sitzen, in ihrem schicken Armanikostüm und ihrer eigenen Kanzlei, wenn ihre Mutter nicht all das für sie getan hätte? Sei ehrlich, sagte sie zu sich selbst, nein, du würdest nicht hier sitzen. Regina Starck hatte ihr nicht nur das Abitur und ein Studium ermöglicht, sie hatte sie vor allem zu dem gemacht, was sie war: eine kämpferische, ehrgeizige und zielstrebige junge Frau.

Und es wird Zeit, dachte Sandra, und stand auf, dass ich ihr dafür einmal danke!

12
Weiberalarm

Sandra öffnete die Tür und trat in den Empfangsraum hinaus. Marion Fritsche unterhielt sich angeregt mit Felix und Biene, doch das Gespräch stockte, als Sandra dazukam und Frau Fritsche sich ihr zuwandte.

»Frau Fritsche«, begrüßte Sandra die Lebensgefährtin ihres Mandanten und hatte zu ihrem professionellen Lächeln zurückgefunden. »Was kann ich für Sie tun?«

»Vielleicht ist es wirklich eine Dummheit, dass William sich scheiden lässt«, platzte die Frau mit ihrem Kummer heraus.

»Wieso glauben Sie das?«, fragte Sandra und bat Frau Fritsche mit einer Geste in ihr eigenes Büro.

»Er hat eine wunderschöne, reiche, junge Frau. Ich bin mittlere Angestellte. Sie ermöglicht ihm einen Lebensstandard, den er aus eigener Kraft nicht halten könnte.«

»Ich bin sicher«, antwortete Sandra und setzte sich Frau Fritsche gegenüber in ihren Stuhl, »dass Herr Heinkes über die Konsequenzen nachgedacht hat. Er ist erwachsen.«

»Ich bin Mitte vierzig«, fuhr Marion Fritsche fort. »Was ist, wenn er Kinder will? Tessa wäre jung genug. Er sagt zwar, das Thema sei für ihn abgehakt, aber ...«

»... aber er will Tessa nicht«, unterbrach Sandra.

Frau Fritsche sah auf ihre Hände und verschränkte nervös die Finger ineinander. »Ich habe Angst davor, in ein paar Jahren diese stillen Vorwürfe in seinen Augen zu lesen. Dass er meinetwegen was verpasst hat. Manchmal denke ich, am besten mache ich unter irgendeinem Vorwand Schluss.«

»Meinen Sie nicht, das wäre ihm gegenüber ungerecht?«,

argumentierte Sandra. »Erstens hat er offenbar jetzt das Gefühl, etwas zu verpassen, wenn er sich nicht von Tessa trennt, um mit Ihnen zusammen zu sein, und außerdem käme es meines Erachtens einer Entmündigung gleich, wenn Sie kein Vertrauen in seine Entscheidungsfähigkeit haben.«

Marion Fritsche sah Sandra nachdenklich an. »Glauben Sie das wirklich?«

Sandra nickte stumm.

»So habe ich das noch gar nicht gesehen«, gab Frau Fritsche zu und lächelte zaghaft. »Ach, vielleicht bin ich einfach nur dumm«, sagte sie dann. »Ich sitze hier und stehle Ihnen mit meinen Belangen Ihre Zeit.« Sie stand auf.

Sandra erhob sich ebenfalls. »Sie stehlen mir nicht meine Zeit«, entgegnete sie. »Es ist wichtig, dass wir darüber geredet haben.« Und im Stillen dachte sie, wie aufrichtig diese Antwort war. Denn nur durch dieses Gespräch war ihr eine Idee gekommen, die sie sonst sicher nicht gehabt hätte.

»Jedenfalls danke ich Ihnen«, sagte Marion Fritsche und reichte Sandra die Hand.

»Ich bringe Sie noch zur Tür«, meinte Sandra und ließ Frau Fritsche den Vortritt.

Die beiden Frauen wollten sich gerade voneinander verabschieden, als die Kanzleitür aufgestossen wurde und Tessa Heinkes im Türrahmen erschien.

»Was haben Sie hier zu suchen?«, fuhr sie Marion Fritsche ungehalten an und nahm sich keine Zeit für eine Begrüßung.

»Ich bin Ihnen keine Rechenschaft schuldig«, antwortete Frau Fritsche ruhig und versuchte an Tessa vorbeizugehen. Doch die junge Frau versperrte ihr den Weg.

»Lassen Sie mich vorbei«, bat Marion Fritsche immer noch ruhig.

»Ich hasse Sie!«, schrie Tessa wutentbrannt und das Funkeln ihrer Augen war in diesem Fall alles andere als verführerisch. »Sie haben mir William weggenommen!«

Alarmiert durch das Gekeife stürmte Felix in den Vorraum. Er erblickte eine Frau, die in diesem Augenblick wenig Ähnlichkeit mit seinem Wesen vom anderen Stern hatte, sondern ihn vielmehr an eine zeternde Hausmeisterin erinnerte.

»Wenn Ihre Ehe nicht funktioniert hat, ist das nicht meine Schuld«, antwortete Marion Fritsche, offenbar eisern entschlossen, sich nicht aus der Ruhe bringen zu lassen. Und dabei strahlte sie – sehr zu Felix' Verwunderung – viel mehr Weiblichkeit und Anziehung aus als ihre Kontrahentin.

Tessa schien all das egal. Ihre Körperhaltung hatte etwas Drohendes an sich und sie wirkte jeden Augenblick bereit, sich auf ihr Gegenüber zu stürzen. »Sie machen ihn unglücklich! Was haben Sie ihm denn zu bieten? Nichts! Gar nichts!«

Felix hatte das Gefühl, die Auseinandersetzung der beiden Frauen würde gleich in Handgreiflichkeiten übergehen. Außerdem gefiel ihm der Ton, den Tessa Heinkes anschlug, ganz und gar nicht. »Wir sind hier nicht in einer Talkshow!«, sagte er und machte einen Schritt auf die beiden Rivalinnen zu, um das Schlimmste zu verhindern.

Tessa grinste hämisch. »Die Zeit arbeitet für mich. William wird zur Vernunft kommen.« Sie wandte sich an Felix und verschränkte die Arme vor der Brust. »Sagen Sie doch mal, als Mann: Können Sie William verstehen? Mit der alten Schachtel? Ich dachte mir, wenn Sie noch mal mit ihm reden, als sein Anwalt ...«

Felix holte tief Luft, aber er kam nicht dazu, etwas zu sagen, weil Sandra ihm zuvorkam: »Herr Edel hat das Mandat mir übertragen. Und ich respektiere den Scheidungswunsch von Herrn Heinkes.« Ein gewisses schadenfrohes Lächeln konnte sie sich angesichts Tessas entsetzten Gesichtsausdrucks nicht verkneifen. Wenn Frau Heinkes es nicht mit einem Mann zu tun hatte, dann schienen ihre Mittel außerordentlich begrenzt.

»Ach, so ist das«, sagte Tessa Heinkes auch prompt. »Gegen zwei frustrierte Weiber habe ich natürlich nicht die geringste Chance.«

Felix spürte Zorn in sich aufsteigen. Was fiel dieser Frau eigentlich ein? Meinte sie, sie konnte sich aufgrund ihres Aussehens alles erlauben? Er jedenfalls hatte nicht die Absicht, seine Partnerin auf diesem Niveau beleidigen zu lassen. »Jetzt bleiben Sie aber mal auf dem Teppich, Frau Heinkes!«, platzte er heraus.

Einen Augenblick lang war es so still, dass man den Lüfter von Bienes Computer hören konnte. »Ich würde dann gern gehen«, unterbrach Marion Fritsche das Schweigen schließlich. Sie wandte sich zunächst an Sandra. »Frau Starck«, sagte sie, dann drehte sie sich zu Felix um. »Herr Edel.«

Felix nickte ihr respektvoll zu. Binnen weniger Minuten hatte sich sein Bild dieser beiden Frauen um hundertachtzig Grad gewandelt.

»Ich lass mich nicht kleinkriegen!«, schrie Tessa Heinkes unbeeindruckt weiter und Felix sah sich genötigt, die Frau, die er kurze Zeit zuvor noch liebend gern berührt hätte, nun gegen seinen Willen festzuhalten, damit sie nicht hinter Frau Fritsche herrannte. »Schon gar nicht von so einer alten Schabracke! Sie kriegt ihn nicht!« Die hysterische Stimme hallte durch den Hausflur des Berliner Altbaus.

Felix spürte eine leichte Übelkeit aufsteigen. »Es reicht, Frau Heinkes«, sagte er barsch. »Sie sollten sich mit der Situation abfinden.«

Tessa wandte sich ihm mit Tränen in den Augen zu. »Aber ich liebe ihn doch!«, sagte sie und Felix fand sich im Widerstreit seiner Gefühle wieder. Wie sie so aufgelöst vor ihm stand, wirkte sie gleichzeitig auch wieder so verletzlich.

»Das glaube ich Ihnen«, antwortete er. »Aber Sie zwingen ihn, jemand zu sein, der er nicht sein will.«

»Habe ich ihn etwa gezwungen, mich zu heiraten?«

»Natürlich nicht.« Felix suchte nach den richtigen Worten, um die junge Frau vor ihm zu beruhigen. »Sie sind eine Frau, von der Männer träumen, nur ...«

Tessa straffte ihre Schultern und von einer Sekunde auf die andere war von ihrer anziehenden Zerbrechlichkeit nichts mehr übrig. »Schön, dass Sie's einsehen«, sagte sie arrogant, machte auf dem Absatz kehrt und ließ die Tür hinter sich ins Schloss knallen.

»Eine echte Traumfrau, Felix«, kommentierte Sandra und drehte sich hastig um, damit Felix ihr schadenfrohes Grinsen nicht sehen konnte.

Felix wischte sich die Schweißperlen von der Stirn, während er Sandra wie ein Dackel in ihr Büro folgte. »Ich hatte richtig Angst um Sie«, gestand er.

Sandra packte einige Unterlagen, die sie mit nach Hause nehmen wollte, in ihre Aktentasche. »Ich weiß mich zu wehren. Ich bin vielleicht alt, aber unheimlich zäh.« Sie grinste. Sollte sie Felix von der Idee erzählen, die ihr während des Gesprächs mit Marion Fritsche gekommen war? Zunächst war sie sich nicht sicher gewesen, ob sie es wirklich in die Tat umsetzen sollte. Doch nach Tessa Heinkes' Auftritt war sie fest entschlossen. »Wissen Sie, was ich mir überlegt habe? Heinkes wird auf überhaupt nichts verzichten. Das werde ich ihm schön ausreden. Die Pharmaprinzessin geht daran nicht bankrott.«

Felix konnte sein Erstaunen nicht verbergen. »Komisch«, sagte er. »Wenn Frauen ihre Männer bei einer Scheidung abzocken, sehen Sie sonst immer rot.«

»Tschüss, bis morgen!« Biene steckte ihren Bubikopf durch die Tür in Sandras Büro. Die beiden Rechtsanwälte winkten ihr kurz zu, dann ließ Sandra den Schnappverschluss an ihrer Tasche einrasten.

»Wenn William Heinkes auf das Geld verzichtet, ist dies für die Gegenseite ein Beweis seiner geistigen Verwirrung und ich kann doch meinen Mandanten nicht als Idiot dastehen lassen ...«

»Dann sind die beiden Liebenden ja auf Rosen gebettet«, stellte Felix fest.

Sandra, die gerade noch gelächelt hatte, verzog das Gesicht. »Ich hasse Ihren Sarkasmus«, sagte sie und ihre Stimme ließ keinen Zweifel an der Richtigkeit dieser Aussage aufkommen.

»Aber das war völlig ernst gemeint!«, empörte sich Felix und stellte überrascht fest, wie ernst er es tatsächlich meinte. Tessa Heinkes Zauber schien verpufft. Die junge schöne Frau hatte ihr wahres Gesicht präsentiert. Wie die alte verschrumpelte und von Warzen übersäte Hexe im Märchen.

»Wir wollen Herrn Heinkes aber nicht verwirren und noch mal tauschen«, sagte Sandra versöhnt und Felix verzichtete großzügig darauf, seine Partnerin darauf hinzuweisen, dass sie ihm in puncto Sarkasmus in nichts nachstand.

»Ich hole Sie morgen nach dem Scheidungstermin ab«, sagte er stattdessen und genoss Sandras verwirrten Gesichtsausdruck.

»Wie komme ich denn zu der Ehre?«, fragte Sandra überrascht.

»Ich dachte mir«, erklärte Felix, »dann können wir direkt vom Gericht aus gemeinsam zu Ihrer Mutter fahren.« Er musterte Sandra, die in diesem Augenblick leichenblass wurde. »Unser Kaffekränzchen«, setzte er hinterher. »Haben Sie das etwa schon vergessen?«

Sandra legte die Hand auf ihren Magen, als sei ihr plötzlich übel. »Erinnern Sie mich nicht daran«, stöhnte sie.

Felix legte ihr tröstend eine Hand auf den Unterarm. »Ich bin ja bei Ihnen«, sagte er, knipste das Licht im Eingang aus und zog die Kanzleitür hinter ihnen zu. Irgendwann ging auch der längste Arbeitstag einmal zu Ende. Gott sei Dank.

William Heinkes sah nervös auf seine Armbanduhr. Sandra beobachtete ihn und warf anschließend einen Blick auf ihre eigene Uhr. Es war bereits zwanzig nach, aber von Tessa Heinkes fehlte immer noch jede Spur. Geschickter Schachzug, dachte Sandra. Sie glaubt, wenn sie nicht erscheint, kann sie auch nicht geschieden werden ... Sie stellte sich ans Fenster, blickte auf die Straße vor dem Gerichtsgebäude und schloss die Augen, während sie die wärmenden Strahlen der Vormittagssonne genoss.

Die Tür zum Büro der Richterin öffnete sich und Frau Kreutzer erschien auf dem Flur, auf dem Sandra, ihr Mandant und der Anwalt der Gegenpartei seit einiger Zeit unruhig auf und ab gingen. »Haben wir noch Hoffnung, dass Frau Heinkes auftaucht?«

»Sie muss jeden Moment hier sein«, nahm Rechtsanwalt Bogner seine Mandantin in Schutz.

Herr Heinkes, der aufgeregt mit dem Handy in seiner Hand spielte, murmelte: »Sie geht nicht ans Telefon ...«

Die Richterin seufzte. »Also gut. Fünf Minuten warte ich noch.« Sie wollte sich bereits wieder abwenden, als Sandra sie aufhielt.

»Frau Kreutzer«, sprach sie die Vorsitzende an und gab ihre Stellung am Fenster auf, »in Ausnahmefällen können Sie doch das Scheidungsurteil in Abwesenheit eines Ehepartners sprechen ...«

»Sie meinen, Frau Heinkes will den heutigen Termin mutwillig platzen lassen?«

Sandra nickte stumm.

Die Richterin schien einen Augenblick zu überlegen, dann sagte sie: »Gut, ziehen wir den Schlussstrich.«

»Herr Heinkes?« Sandra drehte sich zu ihrem Mandanten

um und wollte ihn auffordern, ihr ins Büro der Richterin zu folgen, doch William schien gar nicht zugehört zu haben.

»Ich muss zu ihr«, erklärte er bestimmt und stopfte sein Handy zurück in die Innentasche seines Jacketts.

»Wie bitte?« Sandra glaubte sich verhört zu haben.

»Ich habe kein gutes Gefühl«, erklärte Herr Heinkes. »Sie ist so sensibel. Wie ein Kind.« Er blickte Sandra direkt in die Augen. »Können Sie mich fahren?«, bat er.

Sandra verspürte nicht die geringste Lust, die Eskapaden der arroganten jungen Frau zu unterstützen, aber Herr Heinkes war nun einmal ihr Mandant und sie sah sich nicht in der Lage, ihm diesen Wunsch abzuschlagen. Also nickte sie ihm zu und hatte Mühe, mit den raumgreifenden Schritten des hoch gewachsenen Mannes mitzuhalten.

»Auf dem Spurt in die Freiheit?« Felix, der seine Partnerin wie vereinbart abholen wollte, deutete William Heinkes Eile offenbar falsch, als er ihnen auf dem langen Gerichtsflur entgegenkam.

»Tessa Heinkes ist gar nicht aufgetaucht«, erklärte Sandra ohne anzuhalten. Sie machte eine Kopfbewegung zu Herrn Heinkes, der seine Schritte zwar etwas verlangsamt hatte, aber augenscheinlich nicht bereit war, Verzögerungen in Kauf zu nehmen und einen Augenblick zu stoppen. »Er malt den Teufel an die Wand.«

Felix sah zwischen Sandra und William Heinkes hin und her. »Und was ist mit Ihrer Mutter?«, wollte er wissen.

Sandra konnte eine gewisse Erleichterung nicht ganz verbergen, als sie antwortete: »Ich glaube, daraus wird nichts. Sie sind noch mal drum rumgekommen.« Und bevor sie zu Ende gesprochen hatte, ließ sie Felix stehen und eilte ihrem Mandanten hinterher.

Felix blickte Sandra nach und überlegte, ob sie Frau Heinkes vielleicht bestochen hatte, damit sie ihr einen Vorwand lieferte, die Verabredung mit ihrer Mutter platzen zu lassen.

Und wenn es nicht ausgerechnet Tessa Heinkes gewesen wäre, dann hätte er dieses sogar für möglich gehalten. Auf jeden Fall war eindeutig nicht nur er »drum rumgekommen«, wie Sandra es ausdrückte.

»Herr Edel!« Regina Starck blickte suchend nach links und rechts. Aber außer Felix und dem Blumenstrauß in seiner Hand konnte sie nichts auch nur halbwegs Lebendiges im Hausflur entdecken. »Wo ist denn ...«

Felix schnitt ihr das Wort ab: »Ihr ist ein unangenehmer Termin dazwischengekommen.«

»Unangenehmer als ein Besuch bei ihrer verkrachten Mutter?« Regina Starck lächelte und Felix fühlte sich in dieser Sekunde nicht nur an Sandras spitze Zunge erinnert, sondern auch an ihr schelmisches Grübchen, das sich nun auch auf der Wange ihrer Mutter zeigte. Frau Starck trat zur Seite und bat Felix herein. »Hat sie Sie geschickt? Um die Wogen zu glätten? Ist sie etwa auch noch feige?«

Felix nahm seine Partnerin zum zweiten Mal innerhalb von vierundzwanzig Stunden in Schutz. Nicht dass das noch zur Gewohnheit wird, dachte er. »Sie rechnet nicht damit, dass ich allein hergefahren bin«, erklärte er.

»Und warum sind Sie dann hier?« Regina Starck tat die Blumen in eine Vase, versorgte sie mit Wasser und stellte den Strauß auf die festlich geschmückte Kaffeetafel, die sie für ihren Besuch hergerichtet hatte.

»Sie haben mich eingeladen«, sagte Felix und grinste.

Ein strahlendes Lächeln huschte über Reginas Gesicht. »Das ist nett von Ihnen«, meinte sie gerührt. »Dann können Sie ja eine Runde mit mir hier versauern. Wissen Sie, meine Tochter findet nämlich, dass ich das falsche Leben führe. Das ist so anmaßend!«

Felix fühlte sich in seinem ersten Eindruck von Sandras Mutter bestätigt: Frau Starck war wirklich eine sympathische und warmherzige Frau. »Sie will nur das Beste für Sie«, versuchte er Sandras Verhalten zu entschuldigen.

»Aber was das Beste für mich ist, muss ich doch selbst wissen!«

Felix setzte sich und sog genüsslich den Duft des frisch aufgebrühten Kaffees ein, den seine Gastgeberin ihm einschenkte. Schon allein der Geruch weckte seine Lebensgeister. »Früher wollten Sie nur das Beste für Sandra, auch wenn die das nicht eingesehen hat. Vermute ich jedenfalls.«

»Ja, aber das ist doch normal«, antwortete Frau Starck.

Felix nickte. »Und jetzt will Sandra das Beste für Sie, auch wenn Sie das anders sehen. Irgendwann kehrt sich das Verhältnis von Kindern und Eltern um.«

Regina Starck lächelte versöhnt. »Bin ich denn wirklich schon so alt?«

Jetzt war es Felix, der lächelte. Und schwieg.

»Hatten Sie mir nicht Kuchen versprochen?«, wechselte er das Thema.

13
Lebensabschnitte

Es war kein schöner Anblick. Das Laken hing zerknittert über den Rand des Bettes und die leblos wirkende Gestalt darauf war totenblass.

»Oh, mein Gott! Tessa! Meine kleine Tessa!« William Heinkes stürzte auf das Bett zu, legte seinen Kopf auf die Brust der jungen Frau und lauschte. »Sie lebt noch!«, stellte er erleichtert fest.

Als Sandra aus dem Raum hastete, um Hilfe zu holen, fiel ihr Blick auf das Röhrchen Schlaftabletten auf dem Nachttisch. Es war leer. »Wo ist das Telefon?«, fragte sie und rannte bereits in die Diele.

Während sie gemeinsam mit William Heinkes auf das Eintreffen des Notarztes wartete, hing Sandra ihren Gedanken nach: Zunächst war sie überrascht gewesen, dass seine Frau tatsächlich den Tod als letzten Ausweg empfand. Das hatte sie von der von sich selbst so überzeugten Tessa Heinkes nicht erwartet. Und irgendetwas ließ sie immer noch zögern, der Theorie von der völlig verzweifelten und lebensmüden Frau zuzustimmen.

Sie ging noch einmal zu dem Nachttisch, ergriff das Röhrchen mit Tabletten und betrachtete das Etikett.

Wirkstoff: Benzodiazepin stand darauf.

Hab ich's mir doch gedacht, überlegte sie im Stillen.

Als der Notarzt wenig später eintraf, sah Sandra keinen Grund mehr, länger zu warten. Sie verabschiedete sich von William Heinkes und als sie endlich wieder auf der Straße stand und den erfrischenden Wind spürte, atmete sie tief durch.

Es war noch nicht zu spät. Sie stieg in ihr Auto und drehte den Zündschlüssel um. Für einen Besuch bei der eigenen Mutter war es wohl nie zu spät.

»Schön, dass du noch kommst.«

Sandra war einen Moment unschlüssig, ob sie diesen Satz ihrer Mutter nun als Rüge für ihr Zuspätkommen werten sollte oder ob er tatsächlich nichts weiter als eine Bekundung der Freude war.

»Entschuldige«, antwortete sie. »Die Noch-Ehefrau eines Mandanten, für den ich die Scheidung abwickle, wollte sich umbringen. Mit Schlaftabletten.«

Regina Starck trat zur Seite und hielt Sandra die Tür auf. »Komm rein«, bat sie.

Sandra betrat das Wohnzimmer und blieb überrascht stehen. Zwei der drei Gedecke auf dem Esstisch waren eindeutig benutzt. »Ach«, machte sie, während sie ihre Handtasche über eine Stuhllehne hängte. »Wer war denn hier?«

»Dein Herr Edel«, antwortete ihre Mutter.

Sandra überhörte geflissentlich das »Dein« und unterdrückte den spontanen Wunsch, ihre Mutter darüber aufzuklären, dass es sich keinesfalls um *ihren* Herrn Edel handelte. Stattdessen fragte sie: »Felix? Was wollte der denn?«

»Er hat sich über meine Einladung gefreut«, entgegnete Regina Starck. »So was kannst du nicht begreifen, oder?«

Sandra setzte sich auf einen der Stühle. »Es tut mir Leid«, sagte sie.

Frau Starck nahm ihrer Tochter gegenüber Platz. »Was tut dir Leid?«

»Wenn ich dich verletzt habe«, erklärte Sandra.

»Ja, das hast du.«

»Ich ...« Sandra hatte sich so bunt ausgemalt, was sie ihrer Mutter alles sagen wollte. Doch nun fehlten ihr die Worte. »Ich wünsche mir doch nur, dass es dir gut geht!«

»Mir geht es gut. Danke.« Regina war offensichtlich nicht willens, die Angelegenheit schnell unter den Teppich zu kehren.

»Wirklich?« Sandra sah ihre Mutter geradeheraus an.

Regina Starck lächelte. »Du bist eine hoffnungslose Romantikerin, Sandra. Was glaubst du, was man braucht, damit es einem gut geht? Einen feurigen Liebhaber? Exotische Fernreisen?«

Sandra schüttelte den Kopf. Wenn ihre Mutter es so ausdrückte, dann hörte es sich billig an. »Nein«, sagte sie. Das war es nicht, was sie meinte.

»Was denn?« Regina Starck kam in Fahrt. »Mein Leben ist gut so, wie es ist. Und es tut mir Leid, wenn meine Tochter das nicht einsehen kann, nur weil es hier nicht wie in einer mondänen Illustrierten aussieht.« Sie deutete mit einer ausgreifenden Geste auf die Wohnzimmereinrichtung.

Sandra ließ die Schultern hängen. Die Ausdrucksweise ihrer Mutter war vielleicht etwas zynisch, aber wenn sie ehrlich war – und das musste sie in diesem Augenblick sein –, hatte ihre Mutter Recht. Vielleicht ließ sie sich ja wirklich manchmal von Glanz und Glamour blenden. »Entschuldigung«, sagte sie kleinlaut.

»Du hast Angst, dass du so wirst wie ich?« Frau Starck musterte ihre Tochter mit einem Blick, der durchaus liebevoll war. »Das kann ich sogar verstehen. Ich wollte auch nie werden wie meine Mutter. Aber bei dir spüre ich mehr.« Ihr Gesichtsausdruck wurde ernster. Und trauriger. »Bei dir spüre ich, dass du mich verachtest. Und das tut mir weh. Sehr weh sogar.«

»Mutti«, sagte Sandra sanft. »Ich verachte dich doch nicht!« Im Inneren jedoch wusste sie, dass ihre Mutter gar nicht so Unrecht hatte. Vielleicht war »verachten« ein sehr hartes Wort für das, was sie empfand, aber sie konnte sich nicht davon freisprechen, dass es zumindest phasenweise zutraf.

Ein kurzer Seitenblick auf ihre Mutter zeigte Sandra, dass diese kurz davor war, die Fassung zu verlieren. Aber Sandra fühlte sich in diesem Augenblick nicht in der Lage, das zu tun, was sie nun eigentlich tun musste: Ihre Mutter in den Arm nehmen. Stattdessen sah sie sich in dem Raum um, den sie seit Monaten nicht mehr gesehen hatte.

»Du hast da immer noch sein Foto stehen?«, fragte sie überrascht, als ihr Blick auf das Porträt ihres Vaters in einem kostbaren Silberrahmen fiel, der auf dem Sideboard stand. Sie stand auf und stellte sich davor, um es genauer zu betrachten – und vielleicht auch, um räumlichen Abstand zwischen sich und ihre Mutter zu bringen. »Das steht da so, als wäre er tot.«

»Vielleicht ist er das ja.« Regina Starck sprach sehr leise.

Sandra ignorierte die Stimmung ihrer Mutter. »Als er abgehauen ist, war er jedenfalls ziemlich lebendig.«

»Sandra!« Regina Starck war empört.

Wütend drehte sich Sandra zu ihrer Mutter um. Ihre Gefühle überrannten sie förmlich und sie dachte keinen Augenblick mehr daran, dass sie eigentlich hierher gekommen war, um sich bei ihrer Mutter zu entschuldigen und sich mit ihr zu versöhnen. »Es geht doch nicht um Fernreisen und Exotik! Es geht einfach darum, dass ich glaube, du hast immer einen Altar für diesen Mann gebaut, der dich einfach verlassen hat ... der uns im Stich gelassen hat! Ich weiß wie du jede Nacht geweint hast und ich habe es auch! Aber ich bin drüber hinweg ...« War sie das wirklich?, überlegte sie. »Soweit man das sagen kann«, schränkte sie ein. »Du nennst mich eine hoffnungslose Romantikerin? *Du* bist doch die Romantikerin! Du denkst doch, er könnte hier wieder zur Tür reinspazieren, als wäre nichts gewesen. Hast du seither je einen anderen Mann gehabt?«

»Sandra!« Auf Regina Starcks Wangen bildeten sich hektische rote Flecken. Ob aus Wut, aus verletztem Stolz oder aus Schamgefühl konnte sie selbst nicht sagen.

Aber Sandra war nicht in der Stimmung, auf die Gefühle ihrer Mutter Rücksicht zu nehmen. »Was denn? Hast du? Ich glaube nicht. Und deshalb habe ich mich gefreut, als ich dachte, Du hättest was mit dem alten Münchberg gehabt.«

Wann hatte ich denn das letzte Mal was mit einem Mann? Dieser Gedanke drängte sich Sandra in diesem Augenblick auf. Wenn sie ehrlich war, dann musste sie zugeben, dass das auch schon eine Weile her war. War sie wirklich so anders als ihre Mutter? Legte nicht auch sie Wert auf Gefühle? Sie dachte an Patrizia, die diese Angelegenheit im Gegensatz zu'ihr oft recht pragmatisch anging.

»Ob ich deine Wohnung hier spießig finde oder nicht, ist völlig egal«, fuhr sie fort. »Das ist nur eine Geschmacksfrage, aber ich wünschte mir, du könntest diesen Scheißkerl hier...« Sie deutete auf das Foto.

»Sandra!« Regina Starcks rote Flecken verwandelten sich allmählich in eine alles andere als vornehme Blässe. »Es ist dein Vater!«

»... einfach vergessen! Das habe ich auch tun müssen!« Sie spürte Tränen in sich aufsteigen, die sie maßlos irritierten. Hatte sie wirklich alles vergessen, so wie sie es behauptete? Wieder fiel ihr Benny Armbrüster ein. Würde er auch eines fernen Tages vor einem Foto seines Vaters stehen und sich fragen, wo der Scheißkerl all die Jahre gewesen war? »Entschuldige mich«, sagte sie mit erstickter Stimme. »Ich kriege hier keine Luft mehr. Es ist zu stickig. Hier ist einfach zu viel Vergangenheit...« Sie griff nach ihrer Handtasche, und ohne sich von ihrer Mutter zu verabschieden, stürzte sie in den Flur und ließ die Wohnungstür hinter sich ins Schloss knallen.

Regina Starck starrte in den leeren Flur. Und stützte anschließend den Kopf in ihre Hände.

Planlos fuhr Sandra durch die Stadt. Erst als sie den kleinen See erreichte, zu dem ihr Vater sie früher ab und zu mit zum Angeln genommen hatte, erkannte sie ihr eigentliches Ziel.

Sie setzte sich an das menschenleere Ufer und ließ kleine flache runde Steine über die Wasseroberfläche hüpfen. Was war schief gelaufen? Wieso brach der Schmerz eines kleinen Mädchens nach mehr als einem Vierteljahrhundert so vehement hervor? Konnte sie ihrer Mutter wirklich einen Vorwurf machen, wenn sie es offensichtlich selbst nicht einmal geschafft hatte, mit ihrer Vergangenheit abzuschließen? Ohne ein Wort der Erklärung war ihr Vater eines Tages einfach verschwunden. Zumindest Sandra hatte er keine Erklärung geliefert. Sie konnte sich gut an das Gefühl des Verlassenseins erinnern. Und sie wusste auch noch, dass sie sich tief im Inneren gefragt hatte, ob sie selbst daran schuld war, dass ihr Vater gegangen war.

Die Trauer über den Verlust war im Lauf der Jahre einer unbändigen Wut gewichen. Und heute wusste Sandra, dass der Mensch nur mit Dingen abschließen konnte, die er verstanden hatte. Aber sie hatte bis heute nicht begriffen, aus welchen Beweggründen ihr Vater seine Familie damals im Stich gelassen hatte. Ob es ihrer Mutter anders ging? Wahrscheinlich nicht.

Was hatte sie ihrer Mutter gegenüber behauptet? Sie hätte ihn vergessen? Erst jetzt wurde Sandra bewusst, was für eine große Selbstlüge das war. Nichts hatte sie vergessen. Dieses Erlebnis eines sechsjährigen Kindes hatte ihr gesamtes Leben geprägt: Ihren Umgang mit Männern, ihren manchmal schon unverhältnismäßigen Drang nach Selbstständigkeit, der sich auch in ihrem beruflichen Ehrgeiz widerspiegelte ... Wäre sie die gleiche Sandra geworden, wenn ihr Vater sie nicht im Stich gelassen hätte? Sicher nicht.

Und wer wäre ihre Mutter heute, wenn der Mann ihres Lebens immer noch an ihrer Seite stünde? Oder wenn sie sich wenigstens eine zweite Chance zugestanden und sich nicht völlig von der Männerwelt zurückgezogen hätte? Nichts weiter als ein bisschen Glück und das Gefühl von Zusammengehörigkeit mit einem Mann, der für sie da war und der sie liebte, wünschte sie ihrer Mutter. War das denn so falsch?

Eins, zwei, drei, vier, fünf, sechs, sieben ... Sieben Mal hüpfte der Stein über den See. Das hatte ihr Vater ihr beigebracht: Welche Steine man suchen und wie man sie halten musste, damit sie möglichst weit und oft hüpften.

Wie einfach es sich manche Männer doch machten. Sie setzten ohne zu überlegen ein Kind in die Welt und wenn ihnen die Verantwortung dann über den Kopf wuchs, entledigten sie sich ihrer, indem sie einfach abhauten.

Sandra dachte an Benny Armbrüster und Harry Schultes. Wie würde sich ihr Mandant verhalten, wenn er wüsste, dass er Vater war? Und inwieweit hatte ihre eigene Geschichte damit zu tun, dass sie ernsthaft in Erwägung gezogen hatte, Benny zu sich zu nehmen und für ihn zu sorgen? Sandra stand auf und klopfte den Schmutz von ihrem Rock. Zwar hatte sie keine Antworten auf ihre Fragen gefunden, aber es ging ihr trotzdem wieder besser. Und sie wusste auch, was sie als Nächstes zu tun hatte.

14
Neubeginn

Den einen oder anderen Vorteil haben Ex-Freunde ja doch, dachte Sandra, während sie im Gerichtssaal ihre Unterlagen für die bevorstehende Scheidung der Heinkes sortierte. Ohne Stefan, den Medizinstudenten, den sie früher immer für seine Prüfungen hatte abfragen müssen, wäre ihr heutiges Plädoyer sicher anders ausgefallen.

»Fühlen Sie sich in der Lage, diesen Termin durchzustehen?« Richterin Kreutzer wandte sich besorgt an Tessa Heinkes, die blaß, schmal und in sich zusammengesunken auf ihrem Stuhl saß.

Jede andere Frau, dachte Sandra, würden diese Monsteraugenringe und die eingefallenen Wangen zum Alptraum der Männerwelt machen, aber nicht so bei Tessa – bei ihr wirkten sie auf anziehende Weise Mitleid erregend und weckten zugleich den Beschützerinstinkt.

Frau Heinkes nickte tapfer und ihr Rechtsbeistand, Anwalt Bogner, erhob sich. »Wenn Herr Heinkes schon nicht aus eigenem Pflichtgefühl bei seiner Frau bleibt«, bei diesen Worten warf er William einen vernichtenden Blick zu, »so wird, da bin ich mir sicher, zumindest das Gericht zu dem Schluss kommen, dass keine Scheidung erfolgen darf. Denn meine Mandantin ist psychisch labil – ein Gutachten wird dies untermauern – und der Gesetzgeber spricht von außergewöhnlichen Umständen ...«

»Mir ist klar, worauf Sie hinauswollen«, unterbrach Sandra ihren Kontrahenten. »Frau Heinkes«, wandte sie sich dann direkt an Tessa, »tot hätten Sie wenig Freude an Ihrer Ehe gehabt und Ihr Mann wäre frei gewesen für seine neue Beziehung.«

Die Mimik der Richterin zeigte eine Mischung aus Entsetzen und Strenge. »Frau Starck«, wies sie Sandra zurecht, »ein bisschen mehr Taktgefühl stünde Ihnen gut zu Gesicht!«

Auch Tessa schien über Sandras harte Worte schockiert. »Ohne ihn wollte ich nicht mehr leben«, sagte sie mit tränenerstickter Stimme und hielt sich ihr blütenweißes Stofftaschentuch vor den Mund. »Er ist alles für mich«, schluchzte sie.

Sandra nickte, aber ihr Nicken drückte nicht das geringste Mitgefühl aus. Im Gegenteil. Es verriet blanke Ironie. »Für ihn haben Sie sogar Ihr Studium aufgegeben, nicht wahr?« Sie wandte sich an alle, als sie sagte: »Frau Heinkes hat ein paar Semester Pharmazie studiert.«

»Ich war sogar sehr gut«, sagte Tessa und aus ihrem Mund klang selbst diese Bemerkung bescheiden.

Sandras Stimme blieb nach wie vor kalt. »Dann haben Sie die Standards natürlich drauf. Was Barbiturate sind ...«

Die Richterin musterte Sandra nicht gerade wohlwollend. »Frau Starck, gehört das hierher?«

»Schlaftabletten auf der Basis von Barbituraten wirken in Überdosis tödlich.«

William Heinkes, der bislang schweigend neben Sandra gesessen und sie lediglich aufmerksam beobachtet hatte, seufzte. »Gott sei Dank waren wir rechtzeitig da«, stellte er nun fest.

»Wir hätten uns nicht so abhetzen müssen«, sagte Sandra mit eiskalter Stimme.

»Frau Starck!« Richterin Kreutzer war über Sandras Unverschämtheit sichtlich erbost. »Es reicht!«

Sandra zeigte sich von der Ermahnung allerdings unbeeindruckt. »Der Wirkstoff des Schlafmittels, das Frau Heinkes geschluckt hat – der der meisten modernen Präparate übrigens –, ist Benzodiazepin. Garantiert nicht tödlich.« Sie sah Tessa unverwandt an. »Und das hätte selbst eine durchschnittliche Studentin Ihrer Fachrichtung gewusst, nicht wahr, Frau Heinkes?«

»Und woher kennen Sie den Unterschied zwischen Barbituraten und Benzo...« Felix stockte. »Benzodingsbums?« Hoffentlich bildete sich Sandra jetzt nicht wieder etwas darauf ein, dass er in Arzneimittelkunde nicht so bewandert war wie sie. Aber wenn er so ihren siegessicheren Gesichtsausdruck betrachtete, dann war diese Hoffnung wohl vergebens.

Sandra lächelte geheimnisvoll und präsentierte ihr Grübchen. »Benzodiazepin«, erklärte sie und dankte insgeheim noch einmal Stefan, den sie seit über zehn Jahren nicht mehr gesehen hatte. »Och, so etwas weiß man halt.«

Felix verkniff sich den Kommentar, der ihm auf der Zunge lag. »Na ja«, machte er. »Jedenfalls gratuliere ich Ihnen zu Ihrem Erfolg. Jetzt können William Heinkes und Marion Fritsche unbeschwert in ihren zweiten Frühling starten.«

Sandra grinste zufrieden mit sich selbst. In der Tat hatte sie einen Sieg auf der ganzen Linie errungen und auch den angestrebten Versorgungsausgleich für ihren Mandanten erreicht.

»Übrigens«, fuhr Felix fort. »Haben Sie heute Abend schon etwas vor?«

In Sandras Kopf schrillten die Alarmglocken. Was hatte das zu bedeuten? Schaffte Felix Edel es endlich, sich selbst einzugestehen, dass er seine Geschäftspartnerin attraktiv und begehrenswert fand? Oder war das nur ein weiterer fauler Trick, um sie aus der Reserve zu locken? »Ich... ich...« Sandra suchte verzweifelt nach einer Antwort und fand keine. Wenn sie jetzt sofort Ja sagte, verstand Felix das vielleicht falsch und bildete sich etwas darauf ein – andererseits hatte sie schon lange keine Verabredung mehr gehabt und so schlecht war ein Abend mit Felix auch nicht...

»Im Jazzclub spielt ein junger, viel versprechender Saxophonist und...«

»Seid wann interessieren Sie sich für Jazz?«, unterbrach Sandra Felix und war nun erst recht misstrauisch.

Felix zog seine Augenbrauen in der für ihn typischen Art

und Weise hoch. »Ich liebe Jazz«, sagte er. »Wenn Sie mich das nächste Mal besuchen«, neckte er Sandra, »zeige ich Ihnen gerne meine Jazz-Sammlung.« Er genoss Sandras verdutzten Gesichtsausdruck. »Nein«, fuhr er dann fort. »Frau Armbrüster hat mich angerufen. Der Musiker, der heute Abend ein Konzert gibt, ist ein Freund von ihr und er hat Probleme mit seiner Plattenfirma. Sie hat uns ihm empfohlen.«

Sandra nickte stumm. Also ging es doch mal wieder um die Kanzlei. Sie war froh, dass sie nicht sofort ihre Zustimmung gegeben hatte. »Mal sehen«, sagte sie jetzt und blätterte geschäftig in ihrem Terminkalender. »Oh«, machte sie dann. »Da haben Sie aber Glück. Ausgerechnet heute Abend habe ich noch keine Verabredung.« Sie schlug das kleine Ringbuch schnell wieder zu, bevor Felix einen Blick hineinwerfen und die leeren Seiten sehen konnte.

Felix faltete die Hände und tat so, als danke er Gott, oder wer auch immer dafür zuständig war, für sein Glück.

»Und jetzt entschuldigen Sie mich bitte«, sagte Sandra und griff bereits nach dem Telefonhörer auf ihrem Schreibtisch. »Ich muss noch ein äußerst wichtiges Gespräch führen.« Sie sah Felix auffordernd an.

Felix hob abwehrend die Hände und marschierte aus Sandras Büro.

Nach dem Telefonat, das ausgesprochen erfolgreich verlief, und mit Aussicht auf den bevorstehenden Abend ging es Sandra zum ersten Mal seit einigen Tagen wieder rundum gut. Vor sich hin summend stand sie vor ihrem Kleiderschrank und wählte das passende Outfit: Elegant sollte es sein, aber nicht überkandidelt. Weiblich, aber nicht aufdringlich.

Kritisch prüfte sie schließlich ihr Spiegelbild und konnte nichts Störendes feststellen. In ihrer momentanen Stimmung gefiel ihr sogar ihre Figur ohne Einschränkungen, was nicht immer der Fall war. Nein, es war alles am richtigen Fleck. Sie drehte und wendete sich und betrachtete sich in dem rubinroten tief dekolletierten Samtkleid. Perfekt.

Felix' Blick, der ihr mit strahlenden Augen entgegensah, als sie sich dem Eingang zum Jazzclub näherte, bestätigte es: Sie sah blendend aus. »Wollen wir?«, fragte er, als Sandra neben ihm stand, und reichte ihr galant seinen Unterarm.

»Ich muss noch auf jemanden warten«, antwortete Sandra und genoss Felix' überraschten Gesichtsausdruck.

»Auf wen denn?«, wollte er auch prompt wissen.

»Ich habe meiner Mutter Bescheid gesagt«, antwortete Sandra nicht ohne Stolz und dachte an das »äußerst wichtige« Telefongespräch, das sie am Nachmittag vom Büro aus geführt hatte.

Felix nickte. »Das ist gut.«

»Ich weiß aber nicht, ob sie kommt. Würde mich nicht wundern, wenn sie nicht käme.«

»Sie kommt. Bestimmt.« Felix war die Zuversicht in Person. »Habe ich Ihnen schon gesagt, dass ich Ihre Mutter ganz zauberhaft finde?«

Sandra lächelte. »Sie haben es durchblicken lassen.«

»Backen kann die Frau«, schwärmte Felix. »Hat Sie Ihnen das beigebracht?«

Wieso interessierte sich Felix dafür, ob sie backen konnte oder nicht? »Wenn Sie artig sind, backe ich Ihnen zu Nikolaus ein Plätzchen«, antwortete sie frotzelnd.

»Na bitte«, sagte Felix in selbstgefälligem Ton, ohne auf Sandras Bemerkung einzugehen »Da kommt sie ja.«

»Wo?« Sandra reckte den Hals, um über die kleine Menschentraube, die sich mittlerweile vor dem Club versammelt hatte, hinwegzublicken. Aber sie konnte ihre Mutter trotzdem nirgends entdecken.

»Frau Starck«, sagte Felix neben ihr und deutete einen Handkuss an, »Sie sehen wunderschön aus.«

Sandra brauchte eine Weile, um das Bild zu verarbeiten, das sich ihr darbot. Zum einen war da Felix, der sich so galant benahm, wie sie es ihm niemals zugetraut hätte. Und dann war da diese Frau, die plötzlich aus dem Nichts vor ihnen stand und eindeutig ihre Mutter war, aber nicht die geringste Ähnlichkeit mit der Regina Starck aufwies, die Sandra erwartet hatte.

Kein Wunder, dass ich sie nicht erkannt habe, dachte Sandra und musterte ihre Mutter verstohlen, die ein elegantes und feminines Abendkleid trug und ihre Haare nicht wie sonst in einem strengen Knoten nach hinten gebunden hatte, sondern eine lockere Hochsteckfrisur trug. Ein dezentes Abend-Make-up vervollständigte ihren gelungenen Auftritt.

Felix benahm sich nicht nur wie ein Gentleman, er zeigte darüber hinaus an diesem Abend sogar das Feingefühl, das Sandra ihm sonst so gerne absprach, indem er nun einige Schritte zur Seite trat, um Mutter und Tochter einen Augenblick ungestört zu lassen.

Frau Starck spürte Sandras Blicke und lächelte verlegen. »Ich hatte das noch im Schrank«, sagte sie. »Ich musste es nur etwas weiter machen.«

»Mutter ...« Sandra suchte nach Worten der Entschuldigung. »Ich wollte ...«, unternahm sie einen zweiten Anlauf und endete in einem einfachen: »Entschuldigung. Es tut mir Leid ...«

Regina Starck blickte ihre Tochter schweigend und abwartend an. Doch das Strahlen ihrer Augen verriet, dass sie Sandra längst verziehen hatte.

»Ich will doch nur, dass es dir gut geht«, beteuerte Sandra.

Frau Starck ging einen Schritt auf Sandra zu und schloss sie in die Arme. »Es geht mir gut.«

Erst jetzt bemerkte Sandra den älteren Herrn, der hinter ihrer Mutter stand und schüchtern auf seine Füße blickte, die in ebenso makellos geputzten Schuhen steckten, wie es der Rest seiner Abendgarderobe erwarten ließ.

Regina Starck bemerkte den Blick ihrer Tochter und drehte sich um. »Ach ja«, sagte sie. »Darf ich vorstellen: Herr Martinek von nebenan.«

»Angenehm«, sagte Herr Martinek und deutete eine höfliche Verbeugung an, während er Sandra die Hand reichte.

Sandra lächelte und versuchte zu begreifen. Aber es gelang ihr nicht auf Anhieb. Hatte ihre Mutter jetzt ihren Nachbarn eingeladen, sie zu begleiten oder ...

»Wir kennen uns schon seit zwanzig Jahren, aber ...«

Aber was? Ihre Mutter sprach immer noch in Rätseln.

»Darf ich bitten, Frau Starck?«, sagte Herr Martinek in diesem Augenblick mit einem Schmunzeln in den Mundwinkeln zu Regina und als Sandra sah, mit welcher Vertrautheit ihre Mutter den Arm des Mannes ergriff, verstand sie endlich.

Mit offenem Mund starrte sie hinterher, wie ihre Mutter am Arm ihres Freundes in der schmalen und niedrigen Tür des Jazzclubs verschwand.

»Frau Starck?« Felix' Stimme holte sie ins Hier und Jetzt zurück. »Geben Sie mir die Ehre?« Und er reichte Sandra seinen Unterarm.

Sandra hakte sich ein. »Gern, Herr Edel«, antwortete sie und schenkte Felix ihr schönstes und glücklichstes Lächeln, während sie ihrer Mutter folgten.

Dann beugte sie sich näher zu Felix' Schulter und flüsterte: »Felix, sie hat ...«

Felix ließ sie nicht ausreden: »Ja, Sandra«, sagte er, als hätte er es schon immer gewusst. »Sie hat.« Und während das Dämmerlicht des Lokals sie umfing, drückte er Sandra einmal kurz an sich.

Ein perfektes Team
Edel & Starck

Und ewig lockt – der Mann
ISBN 3-8025-2987-1

vgs verlagsgesellschaft, Köln
www.vgs.de

Große Gefühle mit Spannung pur:
Der große SAT.1 Film als Roman

Der Große SAT.1 Film
Liebe pur
ISBN 3-8025-2955-3

Der Große SAT.1 Film
Es geht nicht immer nur um Sex
ISBN 3-8025-2956-1

Der Große SAT.1 Film
Ben und Maria –
Liebe auf den zweiten Blick
ISBN 3-8025-2957-X

Der Große SAT.1 Film
Morgen gehört
der Himmel dir
ISBN 3-8025-2958-8

Der Große SAT.1 Film
Das Baby-Komplott
ISBN 3-8025-2959-6

Der Große SAT.1 Film
Meine Tochter darf es nie erfahren
ISBN 3-8025-2960-X

vgs verlagsgesellschaft, Köln
www.vgs.de